D1986454

In *Die Kinder* begegnet ein berühmter deutscher Schriftsteller seiner jüdischen Frau wieder, von der er sich zu Beginn der 1940er Jahre scheiden ließ und die ins KZ deportiert wurde. Ihre beiden Kinder wuchsen bei seiner zweiten Ehefrau auf, die diese als ihre eigenen ausgab. Bei der Wiederbegegnung 1983 lehnen die Kinder ihre leibliche Mutter ab. Sie sind unfähig zu erkennen, was sie verloren haben.

Ein angehender Boxer, konfrontiert mit den gegenwärtigen Lebensbedingungen der Roma in Deutschland, identifiziert sich zunehmend mit dem Schicksal eines Roms während des Nationalsozialismus: Diesem wird sein 1933 erlangter Meistertitel im Mittelgewicht aberkannt. Er überlebt zunächst auf Rummelplätzen, wird dann in den Krieg an die Ostfront geschickt, aus der Wehrmacht ausgestoßen und schließlich in Neuengamme ermordet. *Boxer und Rom* ist ein Stück für einen Schauspieler, in dem sich verschiedene Stimmen, Vergangenheit und Gegenwart, Realität und Fiktion überlagern.

Götz Wienold, geboren 1938, schreibt Theaterstücke und Erzählungen, lebt in Tokio.

WIR UNSCHULDIGEN

PASSAGEN LITERATUR

Götz Wienold
Wir Unschuldigen

Die Kinder
Boxer und Rom

Zwei Stücke

Passagen Verlag

Deutsche Erstausgabe

Die Deutsche Nationalibliothek verzeichnet diese Publikation in der Deutschen Nationalbibliografie; detaillierte bibliografische Daten sind im Internet über http://dnb.ddb.de abrufbar.

Alle Rechte vorbehalten
ISBN 978-3-7092-0100-8
© 2013 by Passagen Verlag Ges. m. b. H., Wien
http://www.passagen.at
Grafisches Konzept: Anna Meyer
Satz: Isabel Wienold
Druck: Ferdinand Berger und Söhne GmbH, 3580 Horn

Inhalt

Die Kinder

Personen

Sie, über 70
Er, an die 70
Elise, 42
Jan, 43

Ort: Irgendwo in der BRD
Zeit: 1983

1

Etagenwohnung in einem alten Mietwohnhaus, Wohnungsflur mit Tür zum Treppenhaus und großes Wohnzimmer mit breiten Fenstern, der Straße zu gelegen. Ab und zu Lärm von der Straße, Geräusche aus dem Treppenhaus oder aus einer angrenzenden Wohnung.

Im Flur, noch an der Tür, eine alte Frau und ein alter Mann. Sie hat ihn gerade hereingelassen. Sie schlürft beim Gehen, ist vernachlässigt, aber doch für einen Besuch zurechtgemacht. Er: Mantel, Schal, Handschuhe, Stock, Krawattennadel und so weiter, insgesamt veraltete Eleganz.

ER: Sie hatten gesagt,

SIE: Kannst ruhig noch du sagen.

ER: gesagt, Sie hatten ge

SIE: Komm, sei kein Frosch, sag du, wie immer!

Er *sagt eine Weile nichts, dann:* Sind Sie nicht ...

SIE: Is' schon gut. Ich bin's. Sag du! Es macht nichts.

ER: Also gut, du hattest

SIE: Ich hatte gesagt, komm um elf, jetzt ist es halb zwölf.

ER: Ich konnte die Wohnung erst nicht

SIE: Du lügst immer noch und wie immer schlecht.

ER: Es ist ..., es war ...

SIE: Es war nicht so einfach, hierher zu kommen.

ER: Ich konnte sie wirklich nicht gut

SIE: Schiß hattest du, verdammten, Schiß zu kommen und Schiß nicht zu kommen.

2

Sie sind ins Wohnzimmer getreten, er legt den Hut auf den Tisch, nimmt ihn wieder, setzt ihn auf, dann wieder ab, legt Hut, Handschuhe und Stock

hin, nimmt sie dann und legt sie später auch wieder hin.
SIE: Wo hast du sie?
ER: Sie? sie? Wer oder was sie?
SIE: Na sie, wo hast du sie? Wo hast du
ER: Du meinst sie?
SIE: Du weißt, wen ich meine, meine
ER: Sie ... sie ... sie ist gestorben. *Die Stimme hängt am Ende ein wenig, als könnte er sich selbst oder die Frau danach fragen wollen.*
SIE: Sie ... ist ...? ... Sie ... ist ...?
ER: Ja, sie ist gestorben.
SIE: Wann *ist* sie gestorben?
ER: Bald nach dem Krieg, 1950, 1952.
SIE: Weißt nicht mal mehr genau, wann deine eigene
ER: 1952 war es.
SIE: 1952?
ER: Ja. Es war 1952.
SIE: Wieso sprichst du nur von ihr?
ER: Nur ... von ihr ...?
SIE: Ja, da war doch noch ... einer.
ER: Noch einer?
SIE: Ja.
ER: Noch einer? ... Ach so, du meinst mich. Ich, ich, ..., wie du siehst, bin ich ...
SIE: Nicht gestorben. Das sehe ich. Gut genug. Von dir ist nicht die Rede.
ER: Nicht ... ich?
SIE: Dein Sohn, deiner und meiner, wo ist er?
ER: Jan?
SIE: Ja, Jan.
ER: Ach, jetzt verstehe ich, du meinst die Kinder, sie, Plural, wo hab ich sie, die Kinder, Jan und ee ... Ruth?

SIE: Ja, natürlich, Jan und Ruth. Ist etwas mit Ruth?

ER: Nein, mit Ruth? Nein. Sie leben selbstverständlich, beide. Hier, in Deutschland, in der Bundesrepublik.

SIE: Ah! ... Von welcher „sie“ hast du denn gedacht, daß ich rede?

ER: Von ihr natürlich, meiner

SIE: Deiner?

ER: Meiner ... Frau ... Gattin ...

SIE: Deine ... Frau ... Gattin ..., bin ich das nicht? Bin ich gestorben?

ER: Nein, natürlich nicht.

SIE: Bin nicht gestorben, nicht wahr, wie du siehst.

ER: Du bist hier, natürlich, du bist hier.

SIE: Wieder hier, nicht wahr? *Plötzlich viel härter* Von *ihr* rede kein Wort, kein einziges Sterbenswörtchen, auch wenn *sie* tatsächlich gestorben sein sollte und nenne sie nie wieder deine Frau!

ER: Aber sie ist ..., sie war doch ...

SIE: Nie mehr, hörst du, nie mehr!

ER: Ich glaube, ich sollte jetzt gehen.

SIE: Feigling! Wie immer Feigling.

ER: Ich hätte nicht kommen sollen. Ich wußte es.

SIE: Dreck wußtest du. Dreck weißt du.

ER: Ich bin ..., meinst du, ... Dreck. Ich verstehe, daß du so denkst.

SIE: Du verstehst, daß ich so denke. Er versteht, daß ich so denke.

ER: Ich kann dich sehr gut verstehen.

SIE: Du kannst mich sehr gut verstehen. Er kann mich sehr ggut *sie dehnt das „g“ am Anfang von „gut“* verstehen. Hört! Alle hört, *ruft, als spräche sie zu denen in den angrenzenden Miet-*

wohnungen er kann mich sehr ggut verstehen. Er kann mich sehr ggut verstehen. Der Mann da .. meiner ... du ..., er kann mich. Er kann mich. Du kannst mich! Verstehst du, du kannst mich!

ER: Ich kann dich verstehen. Aber du mußt

SIE: Was muß ich?

ER: Du mußt, ich meine

SIE: Du meinst?

ER: Ich meine, du solltest, du solltest versuchen auch

SIE: auch? Wo sind sie?

ER: Wart doch!

SIE: Wo sind sie?

ER: Versuch doch, auch meine Seite erst zu verstehen!

SIE: Deine Seite zu verstehen. Deine Seite. Seine Seite. Seine feige, schiß, beschissene, arschige, lahmarschig häßliche, gräßliche Seite. Verstehen! Auch noch verstehen!

ER: Ja. Bitte, versuch es wenigstens!

SIE: Wo sind sie? Noch einmal: Wo sind sie?

ER: Gleich, gleich. Aber bitte. Versuche, mich zu verstehen!

SIE: Wo sind sie?

ER: Bitte!

SIE: Du mit deinem „verstehen". Hast du nicht gespannt, ich habe dich voll und ganz verstanden, durchgeschaut durch dich auf Grund und Boden. Ich weiß, wer du bist. Du Scheißer! Schißling, das heißt dich verstehen.

ER: Ich hätte nicht kommen sollen. Auch für dich wäre es besser, wenn

SIE: du nicht gekommen wärst! Versteh du, versteh du jetzt, du kommst hier nicht wieder raus, nicht wieder weg, bevor du mir nicht sagst, wo sie sind, die Kinder! Los! Sag's!

ER: Du, es ist ...

SIE: Na, was ist?

ER: Du, es ist, glaube ich, wirklich besser, wenn du sie nicht

SIE: Besser, wenn ich meine eigenen Kinder?

ER: Besser. Laß mich jetzt gehen! Es ist sowieso schon spät.

SIE: Du kommst so nicht weg. Los! Sag's, dann kannst du gehen.

ER: Ich gehe jetzt. Wir lassen das auf ein anderes Mal.

SIE: Das gibt es nicht, das andere Mal. Glaub nur nicht, daß ich danach noch etwas von dir will! „Wollen Sie etwas von diesem Mann? Och, von diesem?“ Es genügt mir voll und ganz, dich dieses eine Mal

ER: Ist auch gut. Wir brauchen es nicht zu wiederholen. Dann gehe ich jetzt.

SIE: Ich mache einen Skandal. Ich mach nen Riesenskandal.

ER: Laß mich jetzt durch! Ich schreibe dir.

SIE: Alle mal herhören! Alle mal merken! Hier steht der berühmte Dichter Paul Salvador Mende. Mende, der Dichter des unverfälschten Lebens, der Mann mit der Aureole der menschlichen Güte und Helle.

ER: Still, sei doch still!

SIE: Mende, der in aller Augen Große, Verkünder der neuen, aufgeklärten Christlichkeit.

ER: Sei doch nun stille! *Schließt die Tür zum Flur.* Komm, gehen wir weiter darüber rein. *Weist auf ein angrenzendes Zimmer.* Laß uns vernünftig ... Ich schreib

SIE: *öffnet die Tür zum Flur wieder, dann leiser, aber so bestimmt, daß sie das Ganze, wenn nötig, sehr laut, sehr öffentlich sagen würde:* Paul Salvador Mende hatte eine Frau, 1941, eine Jüdin, eine Jüdin war sie, von der hat er sich 41 scheiden lassen, und sie kam ins KZ.

ER: Du bist ja verrückt, das rauszuschreien.

SIE: Nicht verrückt. Ich weiß, wie ich mit dir umzugehen habe.

ER: Total verrückt bist du, total verrückt.

SIE: Klar, ganz glasklar, kristallklar bin ich. Ich brauche es auch nicht zu schreien.

ER: Du brauchst nicht ...

Sie antwortet nur mit einem Nicken.

ER: Ich muß mich erst mal setzen. Ich muß mich erst mal ausruhen. Ich muß mich jetzt erst mal fassen.

3

Etwas später, am gleichen Ort.

ER: Du warst die ältere. Du wußtest schon damals alles besser.

SIE: Hast nicht drauf gehört.

ER: Man kann nicht immer hören.

SIE: Muß vor allem an sich selber denken, nich. Du wirst diesmal auf mich hören, weil du an dich denken mußt.

ER: Ich denke auch an die Kinder.

SIE: *Wo* sind sie?

ER: Sie leben. Das muß dir genügen.

SIE: Ich will sie sehen.

ER: Es ist besser,
SIE: Das weiß ich selbst viel, viel besser, was gut ist und was besser ist, als du, du Hosenscheißer, Angstlappen, Hasenschießer!
ER: Es ist wirklich besser für sie, wenn sie nicht
SIE: nicht erfahren, daß ihre Mutter hier ist?
ER: Nein, das meine ich nicht.
SIE: Ich *bin* ihre Mutter.
ER: Ja doch.
SIE: Ich bin ihre Mutter.
ER: Ja doch, du sagst es.
SIE: Ich habe mich, so lange ich lebe, wie eine gute Mutter
ER: Ja doch, du hast.
SIE: Solange ich da war. Und danach auch. Immer. Also, schicke sie zu mir!
ER: Nein, das werde ich nicht tun.
SIE: Alle werden es sehen. Ich brauch dich nicht dazu.
ER: Das ist mir klar. Es ist aber trotzdem besser
SIE: Laß das „besser", dein ewiges „besser". Du wußtest damals, was besser für dich
ER: und für die Kinder.
SIE: Und für mich?
ER: Ja. Du bist immerhin doch auch am Leben geblieben.
SIE: Du!
ER: Sei stille, ich meine es nicht so. Und sie sind am Leben geblieben. Und ich auch. Also war es alles in allem besser. Bitte vergiß nicht, ich habe 37, 38 erst deine Mutter, dann deinen Vater nach Holland begleitet, und sie waren in Sicherheit.
SIE: Das hast du. Die Sicherheit hat zwar nicht

gehalten, aber das hast du. Mich hast du aber nicht, im Gegenteil.

ER: Es ging doch nicht. Es gab doch nichts mehr.

SIE: Ich hätte auch draufgehen können. Wahrscheinlich hast du das sogar gewollt.

ER: Das ist doch nicht wahr. Das ist nicht so.

SIE: Gewollt, nicht wahr?

ER: Aber doch wirklich nicht gewollt. Hör mal!

SIE: Laß mich in Ruhe mit deinen Lügen! Also, wo sind sie? Schick sie zu mir! Noch heute, spätestens morgen!

ER: Laß das! Wirklich. Sie wissen nicht, daß du

SIE: daß ich am Leben bin. Das erfahren sie jetzt.

ER: Nicht das. Daß du ihre ... . Sie halten Vera für ihre Mutter.

SIE: Ich hab's dir gesagt. Erwähne sie nicht! Nicht ein einziges Mal wieder!

ER: Ich will ..., ich will es versuchen. Aber du mußt das eben wissen und verstehen. Sie glauben, so steht es in allen Papieren, daß ... daß ... sie ... ihre Mutter ist.

SIE: Sie ... sie ... ihre Mutter ist? ... ihre ... Mutter ... *ist* ...

Pause. Innehalten bei beiden.

SIE: Die Kinder ... der Jüdin ... sind keine Juden mehr?

ER: Wie du das jetzt drehst, das hat doch nichts

SIE: Hat alles, hat alles damit zu tun!

ER: Bitte laß *das* doch wenigstens jetzt!

SIE: Damit du raus kommst! Damit du raus kommst!

ER: Bitte! Ich bitte dich!

SIE: War mal gut zwischen Deutschen, die keine

Juden waren, und Juden, als sie Deutsche waren und ihr sie heiratetet!

ER: Es ging doch alles nicht mehr, du weißt es so gut wie ich.

Wieder Pause, Innehalten.

SIE: Laß sie mich nur einmal sehen! Führ mich als ..., stell mich als ... eine gute alte Bekannte vor. Eine ehemalige Schriftstellerkollegin. Du kannst das mit der Jüdin weglassen. Einfach so.

ER: Plötzlich willst du mich doch wieder dabei haben.

SIE: Wenn es, wie du sagst, besser ist. Wenn ich sehe, daß es so, wie es ist, besser ist, kann ich gut und gerne drauf verzichten, mich zu erkennen zu geben.

ER: Du könntest darauf ...?

SIE: Ja.

ER: Ich kenne dich. Du hast deine Tücken, du setzt durch, was du willst.

SIE: Du schließt von dir auf andere. Rede nicht von *meinen* Tücken!

ER: Es kommt nicht in Frage.

SIE: Du hattest die Idee, wie man die Kinder „heraushalten“ könne. „Die Kinder können wir so ganz heraushalten“, hast du gesagt, und ich habe es gemacht, weil es so „viel besser“ war, und dann

ER: Es war sehr viel besser, und es ging nicht anders.

SIE: Ich hab es eingesehen, es ging nicht anders, und dann

ER: Und dann?

SIE: hast du dich auch herausgehalten. Und mich hast du ganz hinein, tief, tief hineingestoßen.

ER: Es war nicht anders möglich. Man hätte das andere mit den Kindern herausgefunden, und dann? Was wäre dann gewesen?

SIE: Wie du mich reingelegt hast!

Pause.

SIE: Ich werde dich zu zwingen wissen. Ich sorge dafür, daß ein Artikel erscheint. Die Wahrheit über Paul Salva*t*or Mende. Salvator. Hast dich umbenannt in Salva*d*or. *Betont hier wie stets im folgenden „Salvator" auf der zweiten, „Salvador" auf der letzten Silbe, rollt bei letzterem auch das „r" und spricht diesen Namen mit stimmlosem „s".* Das klingt spanischer. Als hättste's mit wer weiß was. „Mende, der große Mende!" Du drechselst dir die Wörter und die Namen zupaß, hämmerst und nagelst sie, malst sie auf Schilder. Dichter! Schild vor deiner Stirn, Plakat vor deinem Mund: Dichter! Ich sorge dafür, daß Paul Salvator Mende bzw. Paul Salvador Mende allen so bekannt wird, wie er ist. Das gibt Stoff. Der Dichter Mende, der! Stoff! Stoff! Und die Kinder erfahren es. Und sie kommen von selbst. Sie kommen von selbst zu mir. Sie werden froh sein zu erfahren, daß ich, ihre wahre Mutter, lebe, aus Theresienstadt zurückgekehrt bin und lebe! Daß ich für sie da bin.

ER: Sie ist in ihren Augen ihre Mutter.

SIE: Laß *sie* aus dem Spiel! Ein für alle Mal!

ER: Sie ist eben, wenn du *das* willst, *im* Spiel.

SIE: Ich will das Wort „sie" nicht mehr hören. Sie, sie, sie, sie, sie!

ER: Es geht nicht anders. Jetzt nicht mehr. Sie starb 1952. Jan und Elise verloren

SIE: Elise nicht ...

ER: Wir haben sie nicht
SIE: Ihr! Sag nicht mehr „wir“, sag nicht mehr so „wir“!
ER: ... haben Ruth ... umbenannt. Elise. Ihre Mutter
SIE: Ihre ...
ER: Ruhig, laß es mich doch erklären, ihre Mutter, wie *sie* dachten, starb 1952, als sie zwölf und elf Jahre waren, sie kamen kaum darüber weg. Ihr ganzes Leben bis heute ist diese ... die Mutter, die, die starb, die sie verloren, der sie anhingen, der sie ein zärtlichst liebevolles Andenken bewahren. Sie würden total verdreht werden.
SIE: Ich will sie sehen. Dazu bin ich hier. Dazu hab ich dich hierher bestellt. Ich setze es in die Zeitung.
ER: Bitte! Tu's nicht! Ich arrangiere es, so, wie du es willst. Du erpreßt mich.
SIE: Ich ...
ER: Ich weiß. Ich akzeptiere es. Aber bitte, bitte, tu ihnen nichts an! Tu nichts, was ihnen weh tut! Gerade, wenn du wieder die Mutter sein willst, dann laß sie, laß sie, wie sie sind!
SIE: Was dir weh tut, meinst du.
ER: Ich bin alt, vorbei. Es geht nicht mehr um mich.
SIE: Wenn ich sehe, es ist so, wie du sagst.
ER: Es ist, wie ich es sage. Warte! Wir ... Wir müssen uns bei mir treffen. Du ... besuchst ... mich. Zufällig. Wenn sie da sind. Sag nichts! Ich hoffe, du traust mir.
SIE: Traun?
ER: Ich finde schnell einen Grund. Schon in zwei, drei Tagen.

SIE: In zwei oder drei Tagen ...

ER: Ja. Ich verständige dich. Trau mir, bitte! Ich ... ich weiß ... ich weiß, du würdest den Artikel lancieren. Ich weiß. Ich habe verstanden.

Sie schweigt.

ER: Trau mir doch! Bitte, trau mir!

SIE: Dem Dichter Mende?

ER: Laß es uns so machen. Du kommst zu mir. Und sie sind da. Und ich erzähle dir in ihrer Gegenwart die Geschichte, wie sie sie kennen. Und sie werden sie dir bestätigen. Und du wirst sehen, es ist, wie ich sage. Und es ist besser, unendlich viel besser, alles so zu lassen, wie es ist.

4

Zwei, drei Tage später, der vereinbarte Tag. Von einer etwas breiteren Straße führt eine schmale, kurze Stichstraße an Sträuchern, einzelnen Bäumen vorbei auf ein wenig auffälliges Einfamilienhaus zu. Rundum viel und recht dichtes Grün.

Sie kommt ihm an diesem vereinbarten Tag zuvor. Statt zur angegebenen Zeit, sagen wir 15 Uhr, einzutreffen, hat sie, dieses Mal sorgfältig zurechtgemacht (eleganter Hut, guter Mantel und so weiter), schon einiges früher irgendwo versteckt gestanden, Hauseingang, Zugangswege, Straße im Auge gehalten. Man hört Schritte oder Trippeln von Passanten, die die breitere Straße gehen, sie achtet darauf, ob jemand näher kommt, hütet ihr Versteck. Geräusche vorbeifahrender Fahrzeuge. Jetzt erscheinen zu Fuß eine Frau und ein Mann in mittleren Jahren, beide schlicht gekleidet, biegen in die Stichstraße ein. Sie erkennt sie sofort als die erwarteten Geschwister.

Sie geht auf sie zu.

SIE: Entschuldigen Sie.

ELISE: Ja bitte?

SIE: Sie werden entschuldigen, Sie, kennen Sie zufällig Herrn Mende? Paul Salvador Mende, den Dichter?

JAN: Ja natürlich. Er ist unser Vater. Dort hinten wohnt er.

SIE: Oh, ich sollte ihn heute besuchen und war nicht sicher ...

ER *(Hausjacke) tritt eilig aus dem Haus, läßt die Haustür offen stehen, kommt die Stichstraße herunter auf die drei zugelaufen:* Ah! Ah, kommt doch bitte ins Haus! Du bist schon da?

SIE: Ja. Ich bin etwas früher gekommen. Eine alte Frau wie ich braucht ihre Zeit, da habe ich mich rechtzeitig auf den Weg gemacht, und jetzt bin ich etwas zu früh. Schlimm? *Zu Jan und Elise* Entschuldigen Sie bitte. Ihr Vater hatte mir von Ihnen erzählt und erlaubt, daß ich einmal komme, wenn Sie da sind.

ELISE: Ja doch, bitte.

SIE: Ich bin ..., ich bin ..., ach, Sie sind also Jan und Elise, Jan und Ruth, Jan und Elise ...

ELISE: Nicht Ruth, Elise.

ER: Nun kommt doch erst einmal alle zusammen ins Haus.

Passantenschritte.

ER: Da kommt Frau Meißner. *Lauter* Guten Tag, Frau Meißner. *Man hört ein mattes „Guten Tag" entgegenkommen. Leiser* Sagt auch guten Tag, Elise, Jan! *stößt sie an.* Bitte, Jan, bitte, Elise!

JAN, ELISE: Guten Tag, Frau Meißner. *Noch ein matteres „Guten Tag" zurück.*

SIE: Sie sind also ... Ich bin ...
ER: Bitte nur da hinein. Eine alte ...
SIE: Eine alte ... ja ... eine alte ...
ELISE: Bitte, sagen Sie doch nicht immer „Alte". Sie sind doch sehr rüstig. Eindrucksvoll in Ihrer ...
JAN: Betagtheit
ELISE: ja, in Ihrer aufrechten, ich würde sagen, Nochfast ..., Jan?, ... jugendlichkeit, nicht wahr, Jan?
SIE: Das mein ich ja gar nicht, Ich bin ... Sag du's ihnen ...
ER: Sie ist eine alte ...
JAN: Bekannte, ja doch, haben wir verstanden.
SIE: Schriftstellerkollegin. Wir haben uns bis vor ganz kurzem seit 1941 nicht gesehen und ...
ELISE: Oh, so lange nicht. Aber kommen Sie doch bitte. Das ist ja interessant für uns. Da waren wir ja ganz klein, fast noch gar nicht da. Jan, wir zwei Kleinen, nicht wahr?
SIE: Waren so klein, so klein, so fast noch gar nicht da.
JAN: Wir zwei Kleinen, Elise!
ER: Also, jetzt endlich von der Straße herein mit euch allen! *Wieder Passantenschritte* Guten Tag, Herr Metzger, Frau Metzger, guten Tag *Jan und Elise fallen auch mit ein, Grüße kommen zurück* du auch, bitte, komm hinein, es ist ja ganz in der Ordnung. *Die Gruppe bewegt sich ein Stück in Richtung des Hauses. Auch im weiteren mag man noch Schritte auf der breiteren Straße hören, für Begrüßungsrituale sind sie zu weit.*
JAN: Natürlich, alles ganz in der Ordnung. Schön für uns, Sie kennenzulernen, die Kollegin. Was

haben Sie denn geschrieben?
ELISE: Ja, bitte!
ER: Das machen wir gleich drinnen.
SIE: Was habe ich denn geschrieben? Ich hätte gern Ihnen etwas geschrieben, Ihnen, den ganz kleinen, Jan oder Johann und Ruth.
ELISE: Die Kleinen, Jan, und schon wieder Ruth. Ich heiße doch Elise. Papa, sag ihr
ER: Elise. Vergiß nicht, sie heißt Elise. Sonst bringst du alle durcheinander. Und jetzt, zum letzten Mal, herein ins Haus mit euch allen.
SIE: Ich hätte Ihnen gern, als sie so ganz klein waren, geschrieben, Briefe, erzählt, was passiert ist, was war, wer ich war ..., Ihnen, den Kindern, ... schreiben ...
ELISE: Aber wieso denn? Schrieben Sie ... schreiben Sie ... Kinderbücher?
JAN: Ach so, ja, natürlich, Sie schreiben Kinderbücher. Und wollten damals ... Damals wollten Sie sozusagen an uns Ihre Phantasie als Kinderbuchautorin sich inspirieren lassen.
ELISE: Nein, so was! Stell dir, vor, Jan! Und warum taten Sie's dann nicht?
ER: Sie tat's ja.
JAN: Aber deine Kollegin sagte, sie wollte ...
ELISE: Sie wollte, hat sie gesagt, nicht wahr, Jan?
JAN: Bitte, stelle sie uns doch vor. Wir können doch nicht immer sagen „Kollegin".
ER: Drinnen. Drinnen stellt sie sich vor. Stell ich sie vor.
ELISE: Aber bitte, doch gleich jetzt.
JAN: Natürlich jetzt, Elise. Wie heißen Sie denn?
SIE: Ich heiße ...
JAN: Wenn es kein Geheimnis ist.

SIE: Kein Geheimnis.
ER: Natürlich nicht. Sie heißt
SIE: Ich heiße ...
JAN: Ja?
Elise *fast gleichzeitig:* Ja?
SIE: Waltraud.
ER: Ja, Waltraud.
JAN: Und wie weiter?
ELISE: Ja, wie weiter, bitte sagen Sie uns doch ...
SIE: Waltraud ...
ER: Waltraud ...
SIE: Waltraud Bissenstein.
ER: Natürlich, Bissenstein.
JAN: Komisch, als hättest du vergessen, wie deine alte Kollegin, die Kinderbuchautorin heißt.
ELISE: Fast, als hätten Sie selbst auch Ihren Namen in Ihrem Gedächtnis suchen müssen.
SIE: Ja, suchen müssen. Wenn man alt wird, ...
ELISE: Wir werden auch alt, nicht wahr, Jan?
JAN: Alt. Alle werden alt.
ER: Also. Waltraud Bissenstein. Jetzt wissen wir's alle. Und nun hinein, wenn ihr euch dazu bequemen würdet, hinein, bitte, Jan, Elise, Waltraud, ...
ELISE: Bitte nach Ihnen, Frau Bissenstein.
JAN: Ja, bitte nach Ihnen, Frau Bissenstein.
SIE: Bissenstein. Klingt wie: Bist 'n Stein. Bist 'n Stein, biß hinein.
Elise und Jan lachen herzlich.
JAN: Ja wirklich.
ELISE: Klingt so, ...
ER: Ja, klingt so, nicht wahr.
SIE: Ich wünscht', ich hätt so 'n paar Steine, die ich ...

ER: Also nun endlich ...
ELISE: die Sie?
ER: Nun endlich, bitte, so was habe ich noch nicht erlebt. So was von Umständlichkeit, nur um zu viert zusammen in ein Haus hineinzukommen, wo alles auf uns wartet. *Man hat sich inzwischen ein wenig weiter aufs Haus zu bewegt. Die Haustür steht weit offen für alle.*
SIE: Warten Sie noch mit dem Hineingehen. Ich bin Ihre
ELISE: Märchentante, so ist es. Hör doch, Jan!
JAN: Ja, unsere Märchentante sind Sie gewesen! Ja, wirklich!
ELISE: Und wir haben nichts davon geahnt.
JAN: Ja wirklich, Vater, warum hast du uns nie
ELISE: von unserer Märchentante erzählt?
ER: Erzähl ich ja. Das tun wir ja heute.
ELISE: Ja bitte!
JAN: Wie gut, daß Sie gekommen sind. Wir hatten eine Märchentante. 1941. Hätte ich mir nie träumen lassen.
ELISE: Ich auch nicht, im Leben nicht. Unsere Märchentante, Jan!
SIE: Einen Stein, einen Mühlstein für eine Märchentante.
ELISE: Sie haben aber nen Humor.
JAN: Vati, unsere Märchentante hat wirklich Humor.
ER: Ja, sie hat.
SIE: Ich habe nicht. Bestimmt habe ich nicht und bestimmt war ich auch nicht
ER: Doch, doch, in gewissem Sinne warst du es schon, hättest
SIE: Sag du bitte nicht hättest zu ...

ELISE: Wollte er auch wie Sie Kinderbücher schreiben?

JAN: Hast du es ihr nicht gegönnt, der alten Autorenkollegin? *zwinkert ihr zu.*

SIE: Er hat mir nichts gegönnt, rein gar nichts.

JAN: Bitte, nicht so böse, geliebte Frau Märchentante. Ach so, das wollen Sie jetzt gar nicht hören. Also Frau Bissenstein.

SIE: Er hat mir rein gar nichts gegönnt, rein gar nichts.

ELISE: Sie tut jetzt fast so, als wäre sie dir böse, Papa.

JAN: So gut können sie sich verstellen, Frau ...

ER: Bissenstein.

SIE: Verstellen. Verstellen? Wer verstellt sich?

Man ist jetzt direkt vor der Haustür.

ER: Wir alle. Wir verstellen uns alle dauernd den Eingang. Den Anfang. Dabei sind wir

SIE: mitten drin.

ELISE: Mitten drin im Schlamassel. Wollten Sie sagen mit Ihrem feinen Humor.

JAN: Sehr humorvoll, Frau Bissenstein, sehr humorvoll.

ELISE: Wirklich wie eine gute Märchentante, wie schade, daß wir erst jetzt

SIE: Ich wünschte, Sie würden das mit der Märchentante

ELISE: Vergessen?

JAN: Wie schade. Gut, wir vergessen. Wir können auch Humor zeigen. Wir können Freude an zerplatzenden Seifenblasen haben.

SIE *fast wirklich böse*: Sie sind aber ... *hält an sich.*

JAN: Wir vertragen sogar Märchen.

ELISE: Immer noch.

SIE: Ich werde es mir merken.

5

Nur ganz wenig später. Wohnzimmer bei ihm. Runder Tisch, gedeckt für den Nachmittag für vier Personen. Die drei Besucher haben abgelegt. Die Geschwister sind einfach gekleidet, wie man sich in der Familie anzieht, wenn es auf weiter nichts ankommt. Sie war beim Friseur, trägt ein gut gewähltes Kleid, Brosche, Seidenhalstuch, ist beinahe angezogen und zurechtgemacht wie für eine festliche Gelegenheit. Man ist dabei, sich zu setzen.

ER: Ich habe uns sozusagen Kaffee und Kuchen hier hergestellt.

ELISE: Herstellen lassen sicherlich.

ER: Herstellen lassen. Heute habe ich es tatsächlich alles selber

ELISE: So liebevoll, Papi.

SIE: Für mich wohl.

JAN: Natürlich.

ELISE: Natürlich.

ER: Ich wollte sagen ...

SIE: Du wolltest sagen

ER: Ich wollte sagen, Kaffee und Kuchen für uns zwei sozusagen. Denn die Kinder dürfen der eine keinen Kaffee und die andere keinen Kuchen und er den auch nicht.

ELISE: Und sie, das heißt also die andere, ich, ich trinke schon lange keinen Kaffee mehr, weil Jan den nicht darf.

JAN: Ja, so ist es.

ELISE: So ist es nun einmal.

SIE: Elise, Sie haben wegen Jan ... Ich darf Sie doch ..

ELISE: Natürlich, Sie dürfen.

JAN: Ja, bitte, nennen Sie uns beide beim Vornamen! Elise?

ELISE: Jan
JAN: und Elise.
ELISE: Uns alle beide. Jan und Elise. Schön ist es doch so. Es ist doch schön so, Frau Bissenstein?
ER: Laß das doch, Elise.
SIE: Sie ... Elise ... Elise und Jan ... Sie beide .. Wie soll ich beginnen, Sie beide ... sind ...
ER *schnell hinein:* Elise und Jan wohnen zusammen.
JAN: Wir teilen unser Leben.
SIE: Sie sind beide nicht ...
JAN: Wir sind beide
ELISE: nicht verheiratet.
ER: Beziehungsweise
JAN: Sozusagen
ELISE: Miteinander, wenn man das so ausdrükken will.
SIE: Ich verstehe nicht ganz.
ELISE: Was ist da zu verstehen, wenn
ER: Sie haben eine gemeinsame Wohnung und helfen sich gegenseitig.
JAN: Wir haben beide
ELISE: Sag's ruhig, gewisse
JAN: Gebrechen, Krankheiten, Erbgeschichten beinahe.
ER: Von mir.
SIE: Was meinst du?
ELISE: Sag's doch, wie es ist, Papi! Von unsrer Mutter natürlich.
SIE: Der Mutter??
ELISE: So ist es nun mal.
JAN: Ich trinke Tomatensaft.
ER: Ja, wir stellen ihn hierher.
ELISE: Und ich auch.
JAN: Und später ein Glas Rotwein.

ELISE: Und ich halt dann auch.
ER: Natürlich. *Stellt das Gewünschte parat.*
SIE: Und was eßt ihr, ich meine, was essen Sie denn?
JAN: Beinahe nichts.
SIE: Und wir?
ER: Wir, du und ich,
SIE: wir, du und ich,
ER: wir essen den Kuchen da und trinken Kaffee,
SIE: und essen und trinken euch, ich meinen Ihnen, was vor?
ER: So ist das eben, wenn wir hier Gäste haben, ich meine, ich mit den Kindern zusammen.
SIE: Ach, so ist das?
ELISE: Ja, so ist das. Das ist alles weiter nichts Wichtiges.
JAN: Schenken Sie dem bitte gar keine Beachtung!
SIE: Wir können Ihnen, euch, Ihnen, wir können Ihnen, du, wir können den Kindern doch nicht etwas voressen und vortrinken, wenn sie selbst ...
JAN: Kinder sind wir nun wirklich nicht mehr.
SIE: Vom Standpunkt der Eltern immer.
ELISE: Eltern, nun, unsere
SIE: Zum Donnerwetter, jetzt lassen wir endlich diese dumme, blöde Konversation, diese Herumspielerei, Herumrederei und sagen endlich, worum es geht, wozu
ER: Bitte, Wal
SIE: Nein!
ER: Bitte, Wal
JAN: Waltraud
SIE: Nein!

ELISE: Waltraud, Vater, Waltraud.
ER: Bitte, Waltraud, nun laß das doch! Sie hat manchmal
ELISE: Ach, wir verstehen das ganz und gar, nicht wahr, Jan, wir verstehen das ganz und gar, wir zwei, so beinahe noch jung und schlank und rank mit unseren 42, 43, wie wir uns auf der Straße herumtragen, so
JAN: gebrechlich und leicht derangiert sind wir, weil wir rundum so auf uns aufpassen müssen.
ELISE: so wie jetzt hier bei unserem Vater.
SIE: Und bei Ihrer
ELISE *ganz freundlich, ohne jede Bosheit:* Märchentante.
JAN *lustig, hat unschuldigen Spaß:* Tante Bissenstein, Tante Märchentante!
SIE: Zum Krickskracksfuchsteufelnocheinmaldonnerwetter, hören Sie auf, hört auf, alle zusammen, laßt das Spiel!
ELISE: Welches Spiel?
JAN: Welches Spiel?
ER: Ja, welches Spiel?
JAN: Waltraud.
SIE: Nein! Hört alle auf! Ihr habt alles abgekartet.
JAN: Abgekar
ELISE: tet? Wieso abgekartet?
JAN: Wir, Elise und ich, wußten doch gar nicht, daß Sie kommen.
ELISE: nichts von Ihrer Existenz,
JAN: nichts davon, daß Sie uns in unserer Kindheit einmal gekannt haben. So war es doch, Vati, nicht wahr?
ER: Ja. So war es.
SIE: Aufhören! Aufhören!
ELISE: Womit denn aufhören?

JAN: Ja, womit denn?
SIE: Mit dieser Verhohnepipelung, Verspottung eurer eigenen
JAN: Ich bitte Sie, Frau Bissenstein, nichts liegt uns ferner, als Sie zu verspotten,
ELISE: zu verhöhnen. Warum sollten wir überhaupt?
ER: Ja, warum sollten sie überhaupt? Du siehst das alles ganz falsch. Jetzt fangen wir endlich erst einmal an,
SIE: Jetzt hören wir endlich mit all dem auf, mit Kaffee und Kuchen, mit ... mit ... entschuldigen Sie, verzeihen Sie, warum müssen Sie, warum dürfen Sie denn nur Tomatensaft und Rotwein und nichts anderes? Dann sind Sie ja alleweil
ELISE: Leicht beduselt.
JAN: Ja, sind wir oft. Betümpelt.
ELISE: Nicht bis wir uns wirklich beludern, nein das tun wir nicht. Darum geht es ja gar nicht.
JAN: Elise darf ja etwas essen, und ich eine gewisse Suppe, die sie mir und sich zu Hause macht.
ELISE: Etwas mehr als er. Bei ihm geht praktisch nichts mehr durch. Keine feste Nahrung jedenfalls.
JAN: Und ich muß ...
ER: Er muß doch sehr vorsichtig sein mit dem Stuhlgang.
ELISE: Wir beide müssen. Sonst gibt es mißliche Schmerzen, denen wir kaum Widerstand zu leisten wissen.
JAN: Es ist unappetitlich, gleich vor Ihnen so davon zureden.
ELISE: Wir tun das im allgemeinen nicht.

JAN: Und die meisten akzeptieren das auch einfach so.

ELISE: Sie merken, daß

ER: Is' ja schon gut. Brauch doch gar nicht

SIE: Warum solltet ihr denn vor mir, vor eurer, warum solltet ihr da Hemmungen haben, das zu sagen?

ELISE: Es ist ja jetzt ohnehin schon zum größten Teil raus. Wir haben uns daran gewöhnt, überall zu fast allem nein zu sagen. Von zu Hause weg eben nur Tomatensaft und Rotwein.

SIE: Tut mir leid, ich hatte keine Ahnung, ich wollte Ihnen nicht zusetzen. Ich habe ja gar keine Ursache, Ihnen beiden, euch beiden schon gar nicht.

ER: Schon gar nicht. So. Also!

ELISE: Wenn Sie unbedingt

JAN: Ja, nicht wahr, Vati, wenn Frau Bissenstein unbedingt

ELISE: zu Jan und mir

JAN: nicht wahr, beziehungsweise zu uns beiden zusammen, sonst tun Sie es ja gar nicht,

ELISE: „ihr" sagen wollen,

JAN: ja, nicht wahr, bitte schön.

ELISE: Es soll uns recht sein.

JAN: Wenn wir auch keine Kinder mehr sind.

ELISE: Wir meinen, Ihre

ER: Bitte greif doch zu, greif zu!

JAN: Waltraud!

ELISE: Ihre doch nun schon gar nicht.

JAN: Ist überhaupt nicht böse gemeint.

ER: Sie kennt euch halt

JAN: Ja, wir haben verstanden.

ELISE: Uns ist nun alles klar, klitzeklar.

JAN: Kindheitskitzel.
ELISE: Ein, zweimal gesehen.
JAN: Im Kinderbett.
ELISE: Oder im Ställchen.
JAN: Nuckelnd.
ELISE: Vor dem Abendessen.
JAN: Vor dem Zubettgebrachtwerden. Und hat uns irgendwie mehr ins Herz der Kinderbuchautorin geschlossen als
ELISE: wir auf den ersten Blick verstanden hatten.
JAN: Also, nicht wahr, Elise?
ELISE: Selbstverständlich, Jan.
JAN: Sagen Sie getrost „ihr“ zu meiner Schwester und mir,
ELISE: wenn Sie uns gemeinsam anreden.
ER: Bitte doch nicht solche Aufregung!
ELISE: Wer ist denn hier aufgeregt, Papa?
JAN: Wer ist denn hier aufgeregt, Vati?
SIE: Ja, wer ist denn hier aufgeregt, Paul Salvator?
ELISE: Salvador.
SIE: Salvator.
ELISE: Salvador.
SIE: Salvator.
ER: Nun laßt doch
SIE: Das Getue. Laßt bitte alle endlich das Getue, das Genuschele, die Herumspielerei, Spöttelei, Blödelei, als wäre ich
ELISE: Als wären Sie?
JAN: Als wären Sie?
SIE: als wäre ich nicht
ER: Bitte, laß das, du hast versprochen
ELISE: Als wären Sie nicht? Was wäre sie nicht, Papa?

JAN: Was wäre sie nicht, Vati? Und was hat sie versprochen?
ER: Ich habe mich versprochen.
SIE: Bestimmt. Bestimmt hast du dich versprochen. Du versprichst dich immer, du ...
JAN: Alte Scherze.
ELISE: Von früher.
JAN: Versteht sich.
ELISE: Bitte, spielen Sie sie doch weiter.
JAN: Wir können eine Weile ruhig sein.
ELISE: Und Sie und Vater reden
JAN: Von früher.
ELISE: Wie das war.
JAN: Als wir noch gar nicht da waren.
SIE: Ruhe! Still! Ich halte das nichts aus! Ich halte das nicht aus!
JAN: So ist das mit dem nicht aushalten können. Pusteln, Jucken über dem Unterleib, das mir die Eingeweide aufstehen macht
SIE *legt ihre Hand auf Jans Unterarm:* Jan, ich
JAN: Bitte, nennen Sie mich nicht Jan, bitte nicht so, wie gerade eben.
SIE: Ich tu es nicht wieder, J...
ELISE: Bitte, nicht
SIE: Ich tu es ja nicht wieder.
JAN: Vati, bitte. Du bringst Frau Bissenstein am besten nach Hause.
ELISE: Ja, Frau Bissenstein, wir können doch ein andermal.
JAN: Wir, Elise und ich haben halt unsere Leiden von unserer Mutter, und das ist für Sie störend.
SIE: Von Ihrer ...?
ELISE: Ja, von unserer Mutter.
ER: Sie hatte auch ...

JAN: Sag's ruhig: Darmschwierigkeiten, Verwachsungen, große Stauung, die Pusteln, das Jukken, alles genau so,

ELISE: und ist deshalb, das wissen Sie wahrscheinlich nicht,

JAN: früh verstorben.

ELISE: Als wir elf

JAN: beziehungsweise zwölf

ELISE: Jahre

JAN: alt waren.

ELISE: So ist es eben mit uns.

JAN: So ist es eben in dieser Familie.

ELISE: Es ist kein Spiel.

JAN: Wir tun das nicht, um Sie oder andere zu foppen.

ELISE: Wir müssen wirklich so leben.

ER: Sie bestanden dann darauf, zusammen und für sich zu leben.

JAN: Und halten es

ELISE: so ganz gut aus.

ER: Weil sie beide, weil ihr beide sehr gut zueinander seid, mehr als ich.

ELISE: Ist doch gut, Papi.

JAN: Schon gut, Vati.

ER: Und eure Mutter hat auch nicht

SIE: Ihre Mutter hat auch nicht, *die Tränen kommen ihr* eure Mutter hat auch nichts für euch arme Kinder tun können. *Weint.*

JAN: Nun, weinen Sie doch nicht!

ELISE: Ja, Sie müssen es doch nicht so tragisch nehmen.

JAN: Wir kommen zurecht.

ELISE: Wir kommen wirklich gut zurecht. Nicht wahr, Papa?

ER: Ja. Ich sagte es ja. Waltraud, bitte, verstehe ...
JAN: Es ist nicht so schlimm.
ELISE: Es ist wirklich nicht so schlimm, Sie müssen darüber doch nicht weinen.
JAN: Erst schelten Sie uns, schimpfen, wir machten Spiele. Jetzt heulen Sie, aus Mitleid.
ELISE: Das ist doch gar nicht wichtig.
ER: Es ist sogar besser.
SIE: Was? Was ist besser? Immer wieder ist etwas besser bei dir.
ER: Ich meinte, es ist besser, es einfach so gehen zu lassen.
SIE: Ja, das meinst du, es einfach so gehen zu lassen. Das ist, was du immer wolltest, immer alles so gehen zu lassen. So gehen lassen!
ELISE: Aber das braucht doch nun gar nicht
JAN: Das hat doch mit Ihnen nun wirklich so viel gar nicht zu tun.
ELISE: Gar nichts, Frau Bissenstein. Unsere Mutter konnte auch nichts dafür.
JAN: Wir sind ihr bestimmt gar nicht böse.
ELISE: Sie war uns immer eine gute, eine sehr gute Mutter.
JAN: So gut sie konnte.
ELISE: So haben wir sie gekannt.
JAN: So haben wir sie zu Grabe getragen.
ELISE: So ist sie für uns geblieben.
JAN: Immer geblieben.
ELISE: Unsere herzensgute Mutter. Nicht wahr, Papa?
JAN: Nicht wahr, Vati?
ER: Natürlich. So ist es. Also. Also bitte, greift doch zu. Greif doch zu, und ihr, ihr wißt ja, und ich, ich mach es halt

SIE: Ich bringe keinen Bissen runter. Ich kann nichts mehr zu mir nehmen. Nie im Leben will ich mehr ...

ER: Bitte. Bitte, Waltraud. Im übrigen, ich habe dir gesagt, es wäre besser,

SIE: Besser! Nichts ist je besser. Nichts. *Rafft ihre Dinge zusammen und rennt hinaus. Man hört sie die Haustür aufreißen und ins Schloß fallen lassen.*

6

Betretenheit bei den drei Zurückgebliebenen. Verlegenes Schweigen.

JAN: Irgend etwas, ... irgend etwas stimmt da nicht, Vati.

ELISE: Irgend etwas ist da hinter unserem Rücken zwischen dir und deiner alten Flamme

ER: Flamme ...

ELISE: Na, nun tu mal nicht so!

JAN: Ihr hattet was miteinander.

ELISE: Vielleicht bevor du Mutter ...

JAN: Oder eben als Mutter uns schon beide hatte.

ELISE: Aber warum sollen wir das nun unbedingt mitbekommen?

JAN: Ja, warum möchte deine alte Flamme, Frau Waltraud Bissenstein, deren Vornamen du meistens gar nicht rauskriegst,

ELISE: als kenntest du ihn gar nicht, ...

JAN: Warum will sie in ihrer leichten Senilität

ER: Sie ist wirklich nicht senil, ganz und gar nicht.

ELISE: Ich finde doch, Vati.

JAN: Ich auch. Etwas senil.

ELISE: Etwas senil, finde ich auch.

JAN: Aber lassen wir das ruhig. Warum will sie

ELISE: Ja, warum will sie, daß wir das nicht nur mitkriegen,

JAN: sondern es auch noch als etwas betrachten sollen, ...

ER: Sie will das doch gar nicht. Ihr habt alles falsch verstanden.

JAN: als etwas betrachten sollen, was mit *uns*, mit Elise und mit mir was zu tun hätte.

ELISE: Ja.

ER: Das ist doch nicht so.

JAN: Und warum sagt du dann, ihr habt alles mißverstanden?

ELISE: Wenn da nichts ist, wie könnten wir

JAN: *da*

ELISE: etwas mißverstanden haben.

ER: Da ist nichts. Da war keine Flamme.

ELISE: Nur Kollegialität.

JAN: Nur leichte kollegiale Eifersucht.

ELISE: Über einer Kindergeschichte.

ER: Nichts von all dem.

ELISE: Dann sag, wie es war.

JAN: Sag, wie es war, Vati. Und was diese alte Schachtel von uns will.

ELISE: Wir wollen nichts von ihr.

JAN: Wir wollen ganz bestimmt nichts von ihr.

ER: Dann ist es ja gut. Dann ist alles gut.

ELISE, JAN: Was? Wie? Wieso?

ER: Ich sagte, dann ist es gut.

JAN: Jetzt soll plötzlich alles gut sein, nachdem es die ganze Zeit nichts als Durcheinander war.

ER: Es ist gut jetzt, Jan.

ELISE: Gut? Nichts fast wie Zankerei, mit dieser Frau. Und jetzt noch zwischen uns wegen dieser Frau.

JAN: Die über Elise und mich herfallen möchte. Uns, nicht dich. Sie ist *deine* Kollegin.
ELISE: Uns betütteln möchte, wo wir das selbst gut für uns zwei können.
JAN: Und uns genug damit tun.
ER: Lassen wir es doch!
ELISE: Wir lassen das jetzt nicht.
ER: Kinder!
ELISE: Wir sind keine Kinder.
ER: Bitte!
JAN: Nein, nicht bitte!
ER: Bitte, Jan, bitte, Elise!
ELISE: Nicht bitte, Vater!
ER: Also gut. Wenn ihr es also wollt. Es war so. ... Es wäre besser, ich ... Nein, ich laß es.
ELISE: Besser du erzählst, Vater.
ER: Es ... Ihr wißt nicht, ... Jan, Elise!
JAN: Erzähl, Vater!
ER: Nein! Ich erzähle nichts. Es gibt gar nichts!
JAN: Du erzählst jetzt!
ER: Ihr wißt nicht, was jetzt kommt!
JAN: Was kommt, Vati?
ER: Es war so. ... Nein!
ELISE: Vati!
ER: Ich hatte, ... ich hatte 1934 eine Frau geheiratet. Seid still! Nicht, was ihr denkt. Nicht Mutter. Nicht die Frau, die ihr. Bitte wartet. Nicht, was ihr denkt. Eine Frau, Judith Jeremias. Wie der Name euch verrät, obwohl er das euch vielleicht gar nicht mehr tut, eine Jüdin. Halt! Nichts sagen. Nichts fragen. Wartet! Wartet, bitte! Ich war sehr verliebt. Sie war sehr verliebt. Sie war auch, wie man sagt, gut betucht. Dem angehenden Schriftsteller, der schreiben

und sich gedruckt sehen wollte und nicht ums Brot ungeliebte Arbeit tun wollte, war das angenehm. Aber, es war wirklich so, ich habe sie auch geliebt. Auch geliebt. Sie war sehr froh. Es war auch ein gewisser Schutz da für sie. Sie war mit einem Deutschen, ... einem Deutschen, der nicht Jude war, ... sie war ja auch ... Deutsche ... Natürlich Deutsche, aber ... Sie war eben also mit einem Arier, wie man damals sagte, verheiratet. Das schützte sie eine Weile. Ich hatte keine Ahnung, was da alles noch kommen würde, ich hatte doch mit all dem nicht zu tun. Wir hatten beide nichts damit zu tun. Sie sagte, so um 37 fing sie an, es immer wieder zu sagen, gehen wir ins Ausland, nach London. Aber was sollte ich in London? Ich konnte fast kein Englisch, auch kein Französisch. Sie schon, sie konnte schon. Was sollte ich da als unbekannter, gerade seinen Weg beginnender Autor ohne Englisch, ohne Französisch, in London, in Paris? Österreich, das hielt nicht lange, war auch halb wie Deutschland. Schweiz? Wen ließen die schon rein, mit einer jüdischen Frau? Wir blieben also. Wir hatten zunächst keine Kinder. Dann, 40, kam Jan. Damals ... Ich ... Ich ... kannte damals auch noch eine andere Frau. Mehr oberflächlich. Aber ich traf sie gelegentlich. Judith kannte sie auch. Sie wußte, daß wir uns manchmal trafen, und dachte sich weiter nichts dabei. Tat jedenfalls so, als denke sie sich weiter nichts dabei. Ich dachte jedenfalls, sie denke sich nichts. Und es war auch nichts zu denken. Eine ganze Zeit lang war nichts zu denken. Diese Frau, ihr erratet es jetzt, hieß Vera Händler. Eure Mutter oder, ganz genau genommen, ... Kommt, wir lassen es. Wir lassen es besser auf ein anderes Mal. Wir lassen es wirklich besser auf ein anderes Mal. Oder ganz. Ich hätte es ganz lassen sollen. Ich hätte diese Frau, diese Frau Bissenstein, nie hierher kommen lassen dürfen. Ihr habt es sehr gut mit ihr gemacht. Sehr gut. Sehr gut habt ihr das gemacht. So gut, daß sie das Feld von selbst geräumt hat. Sie ist weg. Sie hat aufgegeben. Warum habe ich angefangen, das zu erzählen! Warum überhaupt. Sie hat mich erpreßt. Sie würde mich auch jetzt noch erpressen. Morgen, wenn sie wieder zu sich gekommen ist, würde sie darauf zurückkommen. ... Diese Frau Waltraud Bissenstein ist in Wahrheit, ihr reimt es euch sowieso schon zusammen, ist in Wahrheit die Frau, die ich damals geheiratet hatte, Judith Jeremias, das heißt, natürlich, Judith Mende. Als Jan kam, ließen wir, Judith war einverstanden, Vera die Mutter sein. Sie war sowieso schon ganz in der Nähe. Wir gaben auch Elise sofort nach der Geburt, mit Judiths Zustimmung, als Kind Veras aus. Ich ließ mich 1941, zwei Monate, nachdem Elise, Ruth, wir, Judith und ich, nannten dich unter uns zu allererst Ruth, zwei Monate, nachdem Elise geboren war, ließ ich mich, ließ ich mich von Judith scheiden, weil ..., weil ..., weil wir uns nicht verstanden und ich in Wirklichkeit schon lange nur Vera liebte. Ich heiratete Vera. Und gab sie euch als eure Mutter. Wir haben euch herausgehalten, sie hat euch auch mit herausgehalten, das habe ich hingekriegt, die Dokumente alle hingekriegt. Hingekriegt haben wir es. Judith

Jeremias, Judith Mende-Jeremias ist eure Mutter. Jetzt wißt ihr es. Waltraud Bissenstein, wie sie sich heute genannt hat, ist eure Mutter. Sie wollte, verlangte, daß ihr es wißt. Sie wollte, daß ihr sie als eure Mutter akzeptiert. Ich war dagegen, ... sehr dagegen. Ich wollte lieber, daß alles so ist, wie es immer gewesen ist. Sie sollte erkennen, daß es besser ist, es so zu lassen. Euch die Mutter zu lassen, die eure Mutter immer war. Und euch so zu lassen, wie ihr es gewohnt wart. Sie hat es akzeptiert. Ich glaube, sie hat es jetzt akzeptiert, es zu lassen. Euch zu lassen. ... Eure Mutter, ... Judith ... , eure ... Judith, Judith ... Judith ...

7

Zwei Tage danach. Später Vormittag. Szene wie in 3.

Er und sie am Tisch. Er hat Mantel und Schal anbehalten, Hut und Stock auf dem Tisch.

ER: Du hättest es alles so lassen können, wie es war. Für alle Beteiligten besser.

SIE: Vor allem für dich. Ich habe den Kindern gestern, als sie hier waren und mir sagten, ich täte ihnen leid, sehr leid, aber sie wollten doch lieber nicht, vorläufig, sagten sie diplomatisch, wie du sie abgerichtet hast, zu mir, wollten nicht, wie sie sich ausdrückten, in nähere Beziehung treten, auch wenn ich Ihnen sehr, sehr leid täte, wollten sie es nicht. Ich konnte es nicht unterlassen, Ihnen zu erzählen, was du nicht erzählt hast. Daß du, um gedruckt zu werden, dich von mir scheiden ließt.

ER: Das ist nicht wahr! Das ist nicht wahr!

SIE: Es ist sehr wahr. Und um keine Schwierigkeiten mit den, wie sagtet ihr, Rassegesetzen zu haben, dich von mir scheiden ließt. Und es darauf ankommen ließt, was mir passieren würde. Und um zu beweisen, wie ernst es dir war, den Nazileuten zu beweisen, diese andere Frau, die sich an dich gehängt hatte, heiratetest, die dann leider so wurde und es irgendwie den Kindern angehängt hat, wie weiß ich nicht, vielleicht kannst du das erklären, sicher kannst du das erklären, Schriftsteller, die erklären doch den Menschen so was, ...

ER: Alles Unsinn.

SIE: Die Krankheit der Kinder ist kein Unsinn. Darüber hast du mich belehrt. Darüber haben sie selbst mich gut belehrt, auch gestern noch einmal sehr gut belehrt, indem sie hier nichts als einen Schluck Wasser genossen haben.

ER: Vera hat, ... ich meine ...

SIE: Meinetwegen jetzt auch Vera ...

ER: Sie begriff eines Tages, was mit dir und ihr, wie soll ich sagen, so alles gleich war. Von dem Tage an war sie krank. Urplötzlich hatte sie Schüttelfrost, hohes Fieber. Als hätte wer einen Brand über sie geworfen. Das kam bald öfter, packender, und das alles war nur der Anfang von dem, was in immer neuen, heftigeren Schüben über sie kam. Kann sein, es war vorher da schon was gewesen, jetzt war es jedenfalls richtig was Schlimmes, Heftiges. Später kam ich drauf, daß sie einmal etwas mit sich angestellt haben mußte, mit Medikamenten, Schlafmitteln. Sie hatte nun Darmverwachsungen. Feste Speisen wurden unmöglich. Da ging fast nichts mehr durch den Darm ohne großen Schmerz, nur tröpfchenweise. Eine Operation, sowieso fragwürdig, verweigerte sie. Die Füße verschwollen ihr manchmal scheußlich, Schuhe tragen war dann unmöglich, sich fortbewegen auf den Beinen quälend ohne Ende. Und die Kinder fingen, als sie groß wurden, dann auch an, dasselbe Feuer über sie, genau so, und jetzt nehmen sie Speisen auch nur noch tröpfchenweise.

SIE: Einen winzigen Schluck Wasser. Mehr durften sie hier nicht als Wasser. Obwohl ich Tomatensaft und Rotwein besorgt hatte, geöffnet hier stehen hatte, den Tomatensaft, den du ihnen angeboten hast und den sie bei dir getrunken haben, und den Rotwein, den du ihnen angeboten hast und den sie bei dir getrunken haben. Ich habe mir die Schilder gut eingeprägt.

ER: Laß das doch, laß das doch, Judith.

SIE: Endlich sagst du, hast du es gesagt. Hast, als wir uns das erste Mal wiedersahen, nicht gekonnt, Judith sagen. Aber laß es jetzt. Laß du alles. Hörst du. Laß du alles.

ER: Ja, gut doch. Lassen wir alles.

SIE: Ich nicht. Ich habe da noch etwas mitzuteilen. Nen Schluck Wasser haben sie beide hier getrunken. Aus einem Glas. Haben sich den winzigen Schluck Wasser noch geteilt. So gut sind sie, die beiden. So geschickt dir nachgeraten die beiden. Ich habe sie aufgeklärt.

ER: Nicht doch. Wozu denn.

SIE: Das sollten sie auch noch wissen, daß ihr Vater ihnen das Wichtigste nicht erzählt hatte.

Von ihrer wirklichen Mutter, die sie gar nicht für ihre wirkliche Mutter nehmen.

ER: Das hatte ich dir vorausgesagt.

SIE: Das genau nicht.

ER: Ich wollte dich schonen.

SIE: Ganz bestimmt wolltest du mich schonen. Mich, die Judith, schonen! Also hab ich gesagt, warum du dich hast scheiden lassen, daß ich eine Zeit noch irgendwo mich aufhalten durfte, man wollte den gerade arrivierenden, bei den Nazis willkommenen Schriftsteller nicht in Schwierigkeiten kommen lassen.

ER: So war das ganz bestimmt gar nicht, nein, das siehst du ganz falsch, wenn ich auch

SIE: verstehen kannst, nicht wahr, verstehen kannst, daß ich das vielleicht wenigstens vermutungsweise so erwägen dürfte. Judenwohnung, und dann ab. Abtransportiert wurde ich, nach da und dort. Endstation Theresienstadt. Wie das war, ... wie das war, habe ich ihnen nicht erzählt. Sie saßen zusammengefallen da, ich drückte ihnen den Rotwein fast in den Mund, den sie hilflos in sich hineintropfen ließen, die beiden. Wurde befreit 1945. Ging nach Palästina. Wurde dann israelische Staatsbürgerin. Lebte im Kibbuz, solange ich das konnte. Das war eben nicht mein Leben. Es kam dann eine Entschädigung, Wiedergutmachung. Eure guten, schönen, lügnerischen deutschen Wörter. Wiedergutmachung. Viel gelang mir nicht so in Israel. Wiederggutmachung. Wird wieder ggut gemacht? Wer wieder ggut? Sag's mir, wer? Ach du, Paul Salvator! Ach! Ich kam schließlich zurück. 1980 kam ich in die Bundesrepublik. Ich dachte nicht mehr an dich. Nicht an die Kinder. Ich habe nicht mehr an euch denken wollen. Bis ich dich neulich sah. Vor mir. Im Theater in der Pause am Büfett.

ER: Ja am Büfett.

SIE: Ich habe es ihnen alles erzählt.

ER: Du hast es ihnen alles erzählt. Gut, daß du ihnen, ich meine, daß du ihnen nicht im einzelnen

SIE: Laß das! Laß das wohl!

ER: Ich laß es ja.

SIE: Sie haben dann hier noch einen Brief geschrieben. Einen für dich. Den sollte ich dir geben. Den hier. Du würdest ja hierher kommen.

ER: Ich würde hierher kommen?

SIE: Ja. Bist du denn nicht? Gleich heute!

ER: Ja, bin ich. Als ich sie heute nicht vorfand. Geklingelt habe, und niemand hat geöffnet.

SIE: Lies nur. Es wird niemand mehr öffnen.

ER: Was soll denn das nun wieder?

SIE: Eben. Es wird dir niemand mehr bei ihnen öffnen. Lies es!

ER: Lieber später, nachdem ich zu Hause bin.

SIE: Lies nur hier. Ich reiß ihn dir auf. Ich falte ihn dir auseinander.

ER: Nein, ich lese nicht.

SIE: Hier, lies!

ER: Nicht! ... Nicht!

SIE: Hier, lies es! „Verehrter Herr Vater! Unsere Frau Mutter" ... Wie die reden und die Worte zu drehen verstehen wie du. Das hast du ihnen beigebracht, du, der versierte Autor Paul Salvador - der Retter, der Held - Mende ...

ER: Bitte nicht weiter, nicht weiter.

SIE: Lies!

Er weigert sich.

SIE: Wenn du nicht liest, lese ich. „Verehrter Herr Vater, unsere Frau Mutter hat uns noch etwas mehr erzählt als Sie. Wir haben uns überzeugt, daß alles so war, wie sie es uns erzählt hat.

ER *spricht leise nach*: Wie sie es uns erzählt hat.

SIE *liest weiter vor*: Wir ziehen es vor, trotzdem diese Mutter nicht unsere Mutter zu nennen, wir bleiben bei der, die Sie uns gegeben haben, aber nicht Ihretwegen. Mit Ihnen, verehrter Herr Vater, haben wir nichts mehr zu tun. Die Kinder."

ER: Bitte nicht, laß das doch, laß ...

SIE: Hier, nimm einen Schluck Rotwein.

ER: Und dich wollen sie auch nicht.

SIE: Ja, das hast du hingekriegt.

ER: Und du das andere.

SIE: Nichts hab ich hingekriegt. Nichts hab ich. Es ist hin, alles, gegangen ist es. Ich tu es nicht noch einmal.

Pause.

SIE: Und nun geh! Und komm auch nicht mehr wieder! Und lebe lange, hörst du, lebe sehr lange, werde ganz alt, steinalt und meinetwegen sogar weise. Am besten aber sehr lange, sehr lange allein und unglücklich.

Pause.

ER *ist aufgestanden*: Ich kann mich nicht mehr vor dir entschuldigen. *Nimmt nun Hut, Stock, Handschuhe* Ich kann mich nicht mehr vor dir entschuldigen. *Möchte auf den Flur treten.* Wenn ... wenn ich ...

SIE: Wenn du was ?

ER: Nichts. ... *Ist im Gehen. Dreht sich ihr dann noch einmal voll zu.* Die ... die Kinder werden ... es nicht schaffen.
SIE: Diese Kinder können nicht mehr gut werden.
Sie stehen sich gegenüber und schauen einander fest in die Augen.

Boxer und Rom

Stück für einen Schauspieler

der Wind über kein Saiten ihm lief
über sein Herz kein Traum ging

Die kursiv wiedergegebenen Zitate können als Projektionen eingeblendet werden.

Ich bin Boxer – und Rom. Nicht gleich wegzucken, meine Damen und Herren hier vorne. Schon gar nicht weggucken! Ich bin doch freundlich und sympathisch, nicht wahr? Ich sehe – recht gut aus, oder nicht? Und ich kann wirklich, meine Damen, ... sehr freundlich sein und durchaus sympathisch, meine Herren. Ein gutaussehender junger Mann kommt immer gut durch, sagt man. Und, kann ja sein, hab ich sogar nen guten Charakter, wer weiß, wenn Sie's mit mir probieren. Sie haben ja auch gar keine Vorurteile mehr heutzutage, selbst wenn ich Ihnen gleich mit dem Bekenntnis auf den Leib rücke, daß ich Rom bin. Zigeuner ist ein schlechtes Wort, Sie verstehen, das verwendet man nicht mehr. Eben gerade weil wir heute alle – wechselseitig – keine Vorurteile mehr haben, habe ich gleich damit angefangen.

Und somit komme ich zum Boxer. Boxen ist meine Leidenschaft und soll mein Beruf werden. Jetzt trainiere ich in einem Verein nach Feierabend, am Wochenende und, wenn es geht, auch sonst. Ich hätte gern eine Arbeitsstelle, wo ein Sandsack aufgehängt wäre – so einer wie der hier – auf dem Flur zum Beispiel, wo ich im Vorübergehen immer mal reinboxen könnte. Gibt es so etwas in einem Warenlager? In der Briefsortierstelle? Ein Doppelendball in Kinnhöhe, der zwischen Fußboden und Decke federt, wäre Klasse. Oder wenigstens eine Maisbirne. Und regelmäßig alle 55 Minuten einmal eine halbe Minute drauf, dann viereinhalb Minuten Pause, wie bei der Post, nicht wahr? Die Bestimmungen sind anders? Höre ich recht? Ich werde mich erkundigen. Nichts für ungut, meine Damen und Herren von der Post. Ich mag Sie, und Sie mögen mich. Also, das Unglück ist, ich habe keine solche Arbeitsstelle. Das Unglück ist noch größer. Ich habe allenfalls nur ne miese Arbeit. Nicht als Boxer, nicht als Briefträger, nur einfach so was Angelerntes, Mitgekriegtes. Maloche.

Lederkissen, Hanteln, Springseile, Medizinbälle. Die Trainer werfen einem den Medizinball auf den Bauch für die Muskeln. Übrigens gab es einen wie mich 1933. Fast wie ich. Der war nämlich viel, viel besser, der war wirklich gut, der war phantastisch, der schlug den deutschen Meister seiner Klasse. Was passierte? Können Sie sich erinnern? Erinnern? Keiner mehr, der erinnern kann, zu spät. Es sich denken? Acht Tage, und der Titel war futsch, und er aus dem Verein raus, aus seiner Arbeit geflogen ebenfalls, klar. Mußte sich verstekken, damit er nicht gleich gesteckt wurde. Ins KZ. KZ = Konzentrationslager, das weiß man noch.

Herzallerliebste,
wie zeigst du dich nicht,
wenn ich am Morgen bei dir vorübergeh,
Herzallerliebste,
wie siehst du mich nicht,
wenn ich das letzte Mal
heute bei dir vorübergeh.

Ein falscher Schritt - vorbei!, sagt man dem richtigen Boxer. Demmler, so hieß er, machte die richtigen Schritte, und es war für ihn vorbei. Wo vorbei geht's für mich vorbei? Ich hab's besser. Ich bin im Verein. Allerdings bis zu irgend einer erwähnenswerten Meisterschaft ist es noch ein gutes Stück. Wenn überhaupt je, meinen Sie? Sie sehn's daran, wie ich hier stehe? Wie ich in den Sack reinhaue?

Vielleicht. Hmm, wollen sie mal sehen? Meinen Body? So? Und so? Wie ist es so? Nicht schlecht. Und ein paar richtige Schläge. So? So? So! Kann er zuhaun, der Bursche? Auch gar nicht schlecht? So sagen Sie's doch! Jetzt verstehen sie mein Problem. Ich suche eine passende Arbeit, und ich suche einen Sponsor.

Hier ein Foto von meinen Vorgänger: Lorenz Demmler. Die Eltern riefen ihn auch „Dewelie". In seinem Boxclub mit den Kollegen. Sie haben es erraten, der vierte von links. Ein bißchen ein fremdländischer Typ, nicht wahr, aber ansehnlich. Und gut. Schlug, wie gesagt, den damaligen Meister, acht Tage drauf, Juni 33, wird der Titel „aus rassischen Gründen" aberkannt. Heute gibt es „rassische Gründe" selbstverständlich nicht mehr. Man hat sich sogar entschuldigt. Für damals. Bei uns heute und bei Ihnen heute. Bei Ihnen, daß man Ihnen so eine Vergangenheit hinterlassen hat. Hätte man sich jedenfalls bei Ihnen für entschuldigen sollen. Bei uns allen. „Also", sagen Sie, „Sie" - das heißt jetzt: ich - „fühlen sich doch ein bißchen außen draußen. Sonst würden Sie nicht sagen „Wir und Sie"". Ja schön, „Wir" und „Sie", von beiden Seiten, nicht wahr. Fühlen uns alle mal ein bißchen außen draußen.

Ich, ihr, wir, Sie, sie, uns, euch, ich.
Ich könnt auch sie sein,
Sie auch ich sein. Ja? Wirklich?

Meister welcher Klasse? Der Lorenz? Na, sagen wir einmal Mittelgewicht. Also, wenn alle Roma so aussähen, so ausgesehen hätten wie Lorenz Demmler - über „Dewelie" später -, da sagt man ja nichts. Aber damals. Damals sagten sie. Sie sagten was. Was? Sehen wir uns Fotos von Romas an. Knopfdruck. Und Knopfdruck. Und Knopfdruck. Und so weiter und so weiter. Eben so sehen wir durchschnittlich aus. Nicht durchschnittlicher als alle, Sie auch, durchschnittlich aussehen. Und als Boxer, das ist ja nicht ganz das normale, alltägliche Leben von jedem von uns und von Ihnen, da geht das doch, soll er doch Rom sein, soll er doch – Zigeuner sein. Er boxt gut. Das interessiert uns. So denkt man, nicht wahr, und ich könnte damit leben, vor allem, wenn ich so gut wäre wie Demmler. Demmler konnte dann leider nicht mehr so gut damit leben und schließlich gar nicht mehr

Auf dem Foto ist noch ein anderer mit so gewellten, gelockten Haaren wie Lorenz, wie ich, gleich daneben. Die Haut ist nicht so dunkel. Meine auch nicht. Ich zeige sie immer gerne. Lorenz wohl auch. Nur dann, dann nahm man sie zum Anlaß. Dann wurde er damit vorgeführt.

Als er hat was gekonnt,
und drin sich hat gesonnt,
die Zeit war kurz,
reicht grad für'n Nazifurz,
raus ausm Titel,
raus aus Boxen und Verein,
raus aus'er Familie,
raus, fort, allein,
unterkriechen, ducken,
bei jedem Geräusch zucken,
verstecken,
fast schon – ver...
nein, noch nicht, das war noch nicht,
der Nazi hat Geduld noch,
der Deutsche, der andre nicht will, Geduld.

Knopfdruck, noch einmal. Sinti-Kinder. Nicht direkt aus dem Hunsrück oder aus dem Schwarzwald? Oder doch? Wenn man's nicht wüßte? Die waren in katholischer Schwesternobhut, in Mulfingen im Jagsttal. Dann hat man sie nach Auschwitz transportiert. Man? Deutsche. Eben Deutsche. Wir nicht. Wir von heute nicht. Ich bin auch Deutscher, ich rechne mich dazu! Mein Paß sagt es. Deutsche damals. Deutsche, die sagten, steigt ein in den Bus, los, hinein mit euch. Deutsche, die sie fuhren, umluden, fuhren, umluden, umbrachten. Und die, die das alles geplant und beschlossen hatten, in die Wege setzten, überwachten. Und die, die es gut hießen. Und die es duldeten. Ziemlich viele Deutsche. Ziemlich viele „wir" von einer Sorte „wir". Ziemlich viele „Zigeuner", ziemlich viele von der anderen Sorte „wir". Wir wir. Alle sind wir irgendwelche wir. Sie. Alle sind wir irgendwelche sie.

1933, am 30. Januar 1933 hielt der Nationalsozialismus in Deutschland Fackelzüge.

Dann zog er durch.
Er führte durch,
Er führte durch, indem er zuführte,
Konzentrationslagern zuführte,
Menschenversuchen zuführte,
der Vernichtung zuführte,
dem Ende zuführte.

Ist ja alles überwunden heute. Ich habe keinen Beruf, nicht deshalb weil ich ein Rom bin. Die allgemeine Lage ist so. Und ich habe keinen Meistertitel, weil ich es noch nicht genügend weit gebracht habe. Sie ich, ich sie. Ich Sie, Sie ich? Ja, da hat jeder wohl so seine Gedanken und sinnt sich was zusammen über sich und mich.

Singn wir uns summ drum,
tanzn wir uns schwumm rum,
tsi, tsi, tsi, Zigeuner,
bist du nicht mein Träumer,
was ich nicht weiß,
macht mich nicht heiß,
wo wir mal waren,
als wir noch nicht waren,
wo ich mal war,
als ich glücklich noch nicht war,
einer gewesen sein,
ohne es gewesen zu sein,
und schon gar nicht der war,
glücklich ein anderer,
noch nicht gewesener,
sing, tanz, einmal keinmal,
summ dich, keinmal einmal,
tsi, tsi, tsi, Zigeuner,
bin ich nur ein Träumer,
hops, hops, heissassa,
der ich nicht war,
was ich nicht weiß,
macht niemand mehr heiß,
Träumer vom muntern, süß summenden Leben,
das ich nicht gewesen,
summen vom bitteren Leben,
böser als ich je gesehen,
tsi, tsi, tsi, Zigeuner,
bin ich ein Träumer?
    Kesselflicker,
    Zigeuner!
    Kesselflicker,
    Zigeuner!
Gabs auch, in der guten alten Zeit,

als man Kessel noch flickte,
und uns dazu schickte.

Hier sehen Sie mich in meinen Boxerhosen mit meinen Boxhandschuhen, ich sah, ich seh nach was aus, ich bin fesch, gut anzuschauen, ich war gut bei den Mädels, ich war gut im Ring, man war hinter mir her. Ich zeige mich gern, ich werde gern bewundert, es gefällt mir, wenn ich gefalle, es ist gut so. Man bekommt auch was umgehängt um den Schweiß und - manchmal - ums Blut, nen Kranz zum Beispiel oder nen Gürtel, der hier auf dem Bauch schon den Mann zeigt. Jemandes Mann sein. Man sein Mann sein. „Hat von sieben verschiedenen Frauen neun Kinder!" So ein Mann! Viele gibts so wie mich, ganz normal, denkt man, nur ich bin Rom. Punkt und Preis, Treffer, Fehlschlag! Schauen sie nur her, es ist gut so, ich bin was für Sie, ich bin was für mich, ich bin gut. Ich war gut. Ich bin gut für was, ich war gut für was.

Ich boxe! Ich boxe Ihnen was vor. Ich boxe Ihnen was vor die Nase, vor den Hals, vor den Gürtel. Ich boxe Sie, die Sie nicht „sie" sind, nicht waren, Sie sie! Ich will an jemanden ran, ich kann an niemanden ran. Wir sind gewesen. Ich, ihr, wir, Sie, sie, euch, uns.

Gedanken, die manche haben. Es kommt sicher vor, daß einer stiehlt. Einer von uns. Einer von Ihnen? Stiehlt, entwendet, klaut, maust, mopst, stibitzt, mitgehen heißt. Einer von uns. Was ich wohl jetzt damit meine? Ihr Uns? Mein Uns? Unser Uns? Ich, ihr, wir, Sie, sie, euch, uns. Ein Rom, ein - wie man sagt - ein „Zigeuner". Kommt sicher vor, daß ein Deutscher bei einer Deutschen klaut, und umgekehrt. Ich meine ein Deutscher, der nicht Zigeuner ist, bei einer Deutschen, die nicht Zigeunerin ist. Ich sags so; denn ich, ein Rom, bin auch Deutscher. Dem Paß nach. Kommt auch vor sogar, daß ganz normale Deutsche bei Zigeunern stehlen. Hätten Sie nicht gedacht, kann aber doch vorkommen, werden Sie bei nüchternem Nachdenken zugestehen. Zum Beispiel mir. Ein Deutscher mir, das heißt ihm, Demmler, den Boxmeistertitel. Und dann noch den Paß, die Staatsbürgerschaft. Jetzt bin ich nur noch halb, noch weniger als halb. Haben's mir gestohlen, Sie nicht, Sie wirklich nicht, Ihre Vorfahren, nicht mal die direkten Vorfahren von Ihnen, von uns, ich sag lieber von uns – was bin ich für einer, daß ich auf andere zeige? Sitze unter allen, kann nichts als uns meinen – eben Deutsche damals, weil ich Rom bin war, „Zigeuner" bin, war. Deutscher Zigeuner, was is'n das für einer! Glücklicherweise nur noch war. Denn jetzt bin ich nichts mehr. Nur noch hier unter Ihnen ich irgendwie wer, aber kein wirklicher mehr, nur ein eingebildeter. Genau genommen, eine Einbildung von Ihnen, die Sie erlauben, sich einbilden zu lassen, von mir, von uns hier, daß ich ein Rom bin, Boxer und Rom. Ich, ihr, wir, Sie, sie, euch, uns.

Roma haben Romawagen, Sie meinen: Zigeunerwagen, natürlich Zigeunerwagen. Allenfalls ein Auto. Da fahren Familien von uns zusammen in einer Kolonne schöner, großer Autos, alle beige, lieben wir so, machen Halt an einer Autobahnraststätte, setzen uns an die Tische, die Frauen mit ihren Männern und Kindern zu Kaffee und Kuchen, zu etwas mehr auch, lassen was auf die Tische kommen, da weiß es einer, einer, der warnt,

Polizei im Anrollen. Rasch alle bezahlt, alle in die Autos, ab, die Polizisten wissen, wie sie uns unangenehm werden können, wenn sie uns unangenehm werden wollen, wir haben Erfahrung darin, sie fragen nach Ausweisen, nach Wohnsitzen, beargwöhnen, finden Gründe, daß die und jener mit müssen auf ihre Behörde, daß die und jene, weil sie herumfahren, wiewohl gemeldet und nachgewiesen, doch nicht ansässig seien, machen Sie nicht, Sie Kolleginnen und Kollegen hier im Publikum, war ein anderes Bundesland, ein anderer Landstrich, ein anderes Revier. Sind ja alle zivil heute, wir auch.

Wanderhandwerker,
Wanderhändler,
Schrottsammler,
Schausteller,
Jenische,

Ja, das gefällt ihnen natürlich nicht,
und da sehen sie die schönen Wagen,
und finden, das steht
den Landfahrenden, den Jenischen, Feckern,
denjenigen, die ...,
doch nicht an,
dieses, daß sie auch noch so viele Wagen haben
und alle im Mercedes!
- Mercedes, Mercedes, stellen Sie sich vor, kann man nur hinter vorgehaltener Hand sagen - , bei so großen Familien
und umherfahren.
(Als seien „deutsche" „Deutsche" mit ihren Wohnwagen unterwegs.)

Da sollte die Polizei ein Auge drauf. Diejenigen denjenigen. Und hat sie. Verstehen Sie nur, Sie nicht, natürlich nicht. Polizei. Viele Polizistenaugen auf. Auf auf uns. Augen, alle Augen auf, auf auf uns. Auf mich jetzt. Ihre Augen. Sie auf mich. Wir auf mich. Wir auf uns? Wir alle auf auf. Wir alle auf auf!

Autos haben wir eher erst heute, manche von uns, nur manche, nicht zu meiner, seiner Zeit. Sie vermissen den Karren, nein? nicht?, die Wäsche, über die Leine gehängt, die zwischen dem Fuhrwerk und einem Baum geknüpft ist? Das buntgewürfelte Bettzeug wie es quillt aus dem Wagen? So sollte es sein, aber bloß nicht so nahe! Sie vermissen die Locken, die Fiedel, fiedelfiedelfidel. Überhaupt fidel.

Drei Zigeuner fand ich einmal
Liegen an einer Weide,
Als mein Fuhrwerk mit müder Qual
Schlich durch sandige Heide.

Hielt der eine für sich allein
In den Händen die Fiedel,
Spielte umglüht vom Abendschein,
Sich ein feuriges Liedel.

Das Liedel. Die Fiedel. Der Karren. Einen Karren ranholen, den Karren ohne buntes Bettzeug, den Karren, auf dem sie uns weg transportierten, die Kinder von Mulfingen, dahin, wo das Ende war, ins Vernichtungslager? Das waren nicht wir, das waren welche vor uns, wir haben das nicht gewollt, die sie damals wollten das auch nicht, das waren andere, die befahlen, organisierten, dachten aus. Wir sind das nicht gewesen. Ich weiß, ich bin es gewesen,

der, den man um seinen Titel, um seine Bürgerschaft, um alles, ums Leben gebracht hat. Man? Ich bin der gewesen, den man drum gebracht hat. Sie? nein, Sie waren die nicht, Sie, die Sie damals waren? Nein. Doch nicht weggucken, wie man uns verfolgt hat, die damaligen sie die damaligen wir. Wir Gutwilligen, Sie Gutwilligen. Wir, die etwas sehen kommen, wir, die etwas spielen, ein Stück über Sinti und Roma, Woche der Brüderlichkeit, Zeichen der Versöhnung, alle verständig, alle bereit. Sie mit großem S und sie mit kleinem s. Sie sie, sie nicht Sie. Wir wir, wir nicht wir. Sie waren, wie nenne ich Sie, diese Sie von damals? Es gibt sie nicht mehr, diese sie und diese wir. Gott – „Gott"? – sei Dank. Hoffentlich. Uns gibt es. Dewelie soll, hat mir ein Onkel gesagt, von dewel, das heißt „Gott" sein, von dem Gottseidank-Gott.
Dewelie!
Hühnerdewelie, Hühnerdieb,
Wäschedewelie, Wäschedieb,
Straßendewelie, Straßendieb,
Zigeuner!
Dewelie!
Hühnerdieb,
Wäschedieb,
Straßendieb,
Zigeuner!
Uns? Sie? Uns? Sie? Uns?
Titeldieb!
Paßdieb!
Allesdieb!
Di-eut-sche-er!
Tsi-geu-e-ner!
Uns? Sie? Uns? Sie? Uns?

Ich bin viel lieber Deutscher als Rom. Wenn ein Rom was tut, werfen sie ihre Verdächtigungen auf die anderen Roma, wenn ein Deutscher was tut, sind dann alle Deutschen dran? Möchten Sie Rom oder Sinto sein? Die Roma und Sinti, die hier sind, die sind es eben, die können nicht sich fragen, ob sie möchten, wenn es einmal ist, daß sie sind. Die Deutschen, die hier sind, können sich viel eher fragen, ob sie etwa nicht möchten, und wenn nicht, ja dann werden sie, sagen wir mal, Amerikaner. Oder ziehen in die Schweiz.

Du sagst – darf ich mal einen, eine hier mit Du ansprechen? Ja? – du sagst, du siehst ein, was ich sage. Doch gleichzeitig streichst du dir mit der Hand übers Auge, als wolltest du schweigend die Einsicht wegwischen. Willst vielleicht doch nicht einsehen, was ich sage. Da gibts die, die nicht gut im Lügen sind und sich mit dem Finger quer unter den Nasenlöchern streichen, einmal drunter durch, so, unwissend natürlich, daß sie das tun, aber mit diesem einen Strich, da zensieren sie sich selbst für die Lüge. Oder: Da hat einer ne Minute fast auf die Beine einer Frau gestarrt, und als er merkte, daß man ihn beobachtet, rieb er sich die Augen, sozusagen, um auszudrücken, das kann doch nicht wahr sein, ich hab von diesen Beinen nur geträumt. Geträumt hat er tatsächlich, und wie. Man kann sich nicht aus den Augen wischen, was einmal drin ist, aber man wischt es hinunter, tief hinunter, daß es nicht mehr wahr ist. Daß es nicht war.

Was ich nicht weiß,
macht mich nicht heiß.
Was ich nicht weiß,
macht mich nicht heiß?

Lorenz wird gleich Juni 33 in Boxzeitschriften als „Zigeuner" gekennzeichnet. Das Wort genügt. Er ist keiner mehr. Was für ein Keiner? Kein Boxer. Er darf nicht mehr boxen. Taucht eine Zeit unter, unten unter, Jahre unter, Jahre unten unter.

Aus Beruf und Verein raus ins Schaugeschäft. Man hat mich angehalten, nachdem man mich rausgestoßen hat, hat man mich ab und zu angehalten, noch mal was zu zeigen, dann angehalten und hineingestoßen, ab, schwupsdibus ab, hinein, hinaus, schingsdibus hinaus, ab, weg, tot, aus, Ende. Vorher in die Armee. Auch wieder raus. In hohem Bogen.

Kommt noch. Jetzt bin ich erst mal ein Schausteller. Boxer sind auch Schausteller. Stellen eine Schau. Und wie! Zigeuner? Fahrender Schausteller, zeige, was ich habe, führe mich Ihnen vor. Schauschauschau, schau mir ins blaue Auge, mein Jung, schau, trauen Sie mir nicht zu, blaue Augen, meine Frauen, meine Männer, höchstens, wenn Sie mir die Faust drauf hauen. Blaublaublau. Haben sich schon manche hier zur Schau gestellt? Wenns hier wäre! Doch Demmler mußte woanders und später ganz woanders. Als es mit Meisterschaft, Verein, anerkanntem Boxen, von Deutschen, die anerkennen durften, nicht mehr anerkanntem Boxen, aus war. Schausteller, Vagabund, treibe mich nun auf Jahrmärkten, in Schaubuden, in Lunaparks, bin feil zu sehen und zu haben. Sie zahlen und dürfen mit mir boxen. Ab und zu auch einmal einen Kunden gewinnen lassen. Pro Abend zehn Kämpfe, zwanzig Kämpfe, da geht es in der Boxbude dann schon auch mal auf den Boden runter. Wer will noch mal, wer wagt es noch mal? Boxen - der echte männliche Zweikampf! Und zusammenschlagen dürfen, wie sie es wollen, sagt der Chef. Von eins bis neun auf dem Boden für Sie! Für sie. Gewollt haben sie's. Wollen es nicht gewollt haben. Sind nicht sie, die es taten, Sie andere bessere, die nur noch zusammenzucken, wenn es Zigeuner heißt, unschuldig zudem, und nichts zu tun haben wollen, mit dem, was man hat. Sind zu fremd, zu feil, zu verworfen, um ins deutsche Heim zu passen, besser rausgeworfen, rausgetrieben aus Deutschland, aus deutschen Städten und Gauen.

Zur Schau zu stellen, was Sie haben. Andere Länder machen's auch? Ja? Österreich? Ja? Die Schweiz? Ja? Tschechien vielleicht? Slowakien? Die Zeitungen schreiben's. Sogar, in hmm?? Gut, daß es auch woanders. Nicht? Anders woanders?

Da sollten wir nicht da sein, wenn Sie, was Sie haben, zur Schau stellen. Was Sie sich genommen haben, zur Schau stellen. Wir dunkelbraunen Zigeunerinnen. Wir fahlbraunen, schwarzlockigen Zigeuner. Wir von hiesigem „Blut" nicht, nicht auf hiesigem „Boden" gewachsen. Schaut, wo ihr hinkommt, schaut, wo die herkommen. Schaut sie nicht an! Schaut euch nicht an! Schaut uns nicht an! Schaut den Schausteller hier nicht an, es schaut heraus, was man ist, es schaut um drei Ecken heraus, was Ihr wart, was wir waren, was Ihr seid, was wir sind, was Ihr nicht sein wollt, was wir nicht sein wollen, nicht gewesen sein wollt, nicht gewesen sein können wollt, nicht gewesen sein gekonnt haben wollt. Das wäre es, wenn man das könnte: Wollen, damals gekonnt zu haben, es nicht gewesen zu sein.

Und möchten doch uns sein. Ein Boxer ist halt auch ein Spieler, man sieht ihm zu, Schau-Spieler, Schlängelkünstler, Schlangenbeschwörer, Schwert- und Feuerkünstler. Hexen und Hexer des Entfesselns, des Suds der dunklen Seelenkünste, Kräuterbrauer, Unheileintränker, Kindsentwender, Mädchenhändler, Giftverspritzer, Wurzelzauberer. Fahren wir die Donau hinab, ins Zigeunerland, ins Land der Verkommenheit, der Träume, der Falschheit und der Lügen, ins Land des Gemüts. Ins Land des Schmalzes und der fidelen Geigen, des Hinterwaldes der Hinterhältigkeit, der süßen duftenden Winde des Betruges, der Bosheit, der Unterwürfigkeit, ins Land aller Verlogenen, Verlotterten, dort wo noch Wölfe hausen am Rande des Bewohnten, wo Wildschweine rumlaufen und suhlen, wo Wildheit Bosheit und Dummheit zugleich ist, ins Land der Unzivilisierten, Häßlich-Schönen, der verlorenen Wollust, des Gefühls, wo wir versteckt halten, was euch vorenthalten wurde, wo wir hüten, was ihr von euren Raubzügen nicht bekommen habt, wo wir warten, was ihr nie haben könnt, wo der Zigeuner lebt, den es nie gibt, der Zigeuner, der ihr selbst seid, sein möchtet, sein könntet, der Zigeuner, von dem die Dichter schreiben, der freie Zigeuner, den ihr getötet habt, verstoßen habt, aus euch in uns zu unserem Tod und Unheil und zu unserer Scham und Schande.

Freier Zigeuner. Fingerabdrücke nehmen von jedem über sechs, denn wir sind arbeitsscheu, streunen umher, gefährden die Sicherheit, potentiell kriminell. Kinder in Waisenheime, bei solchen Eltern besser eine Waise, Jugendliche in Besserungsanstalten, Erwachsene in Arbeitshäuser. So wird es sittlich ordentlich. Ordentlich sterilisieren, wenn sie schon heiraten, wenigstens einen Partner sterilisieren, da leben sie aber so zusammen, illegitim, illegal muß man's dann machen, alle sterilisieren, die Mischlinge und die Reinrassigen, es gibt ganz wenig Reinrassige, sagt man, aber die Asozialität schlägt überall durch, zum Asozialen braucht's die reine Rasse nicht, verbrüdern und verschwestern sich mit Asozialen, die nicht solche sind, Zigeuner, und werden mehr, mehr, mehr, wenn wir sie nicht sterilisieren. Mehr Roma, mehr Deutsche!

„Wir sind in vielen Fällen durchaus in der Lage, schon in jungen Jahren den künftigen unverbesserlichen Verbrecher und Anwärter auf die Sicherungsverwahrung zu erkennen und haben die Pflicht, diese Erkenntnis in die Tat umzusetzen."

Dr. M. Eyrich,
Landesjugendarzt Württemberg, 1938

Die Zuschauerin, die bereit ist, die bereit gewesen wäre, Rassenschande mit mir zu treiben, sprich Kinder mit mir zu haben, schändliche Kinder! Sie hätten damals gewußt, die Kinder würden erkannt, unsere Kinder, woran? An Papieren, an Meinungen, daran, daß wir die sind, für die sie uns halten. Wie ich einer bin, Sie hätten sich sehr vor mir vorsehen müssen, vor sich!

Mal Hand aufs Herz, treudeutsch Hand aufs Herze, Herze!, wie man jemandem vertraut, hätten wir das nicht auch für richtig gehalten, daß Zigeunerkinder – Romakinder, Sintikinder – regelmäßig zur Schule gehen müssen, schulpflichtige Kinder von Roma und Sinti, damals hemmungslos Zigeuner genannt, also Zigeunerkinder, und natürlich alle in dieselbe Schule, und daß ihre Eltern eben nicht mehr umherziehen - zigeunern - dürfen, denn sonst können die Kinder gar nicht in die Schule gehen, oder man muß sie in Internate schicken, Pflegeanstalten,

„Zigeuner dürfen keine schulpflichtigen Kinder mehr mitführen"

von solchen die richtige Erziehung aufs Spiel setzenden Eltern separieren. Separieren.

Noch mal Hand aufs Herz, aufs Herze. Hätten wir nicht auch dafür gestimmt und gesorgt, daß solche Kinder nicht mit unseren in dieselbe Klasse gehen, und dann gleich in die Jahrgangsklassen für alle „deutschen" Kinder? Was unsere da lernen? Ihre unsere weg von unseren unseren. Wie die unsere Kinder im Unterricht aufhalten, also doch besser eine Sonderklasse, das geht ja dann nicht für jeden Jahrgang eine besondere Sonderklasse - Sonderklasse, war der Demmler! -, eine für alle von sechs bis vierzehn muß dann schon hinreichen. Das kostet ja zu viel Geld, auch noch extra Lehrer für jeden Jahrgang, einer muß da schon hinreichen, der gibt sich dann auch Sondermühe. Sondersonder. Nein, das können wir nicht, das kann man uns nicht zumuten, mit Kindern von - Kesselflickern, mit Kindern von - Gesindel. Später heißt es dann „Ausschulung". „Wegen sittlicher und charakterlicher Gefährdung der deutschen Kinder". Aussondern, unsere Leidenschaft.

Sondersondersonder. Aussondern! Wegsondern! Weg!

„Ich habe daraufhin die Schulleiter angewiesen, auf Grund des früheren Verhaltens der Zigeunerkinder sofort in jedem einzelnen Falle einen Antrag auf Einschulung bzw. Ausschulung zu stellen. Die Anträge liegen nun vor; sie lauten ausnahmslos auf Ausschulung wegen sittlicher und charakterlicher Gefährdung der deutschen Kinder. ... Die Polizeistellen wurden benachrichtigt."

Staatliche Verwaltung des Reichsgaues Wien,
13. November 1939

Und zum dritten Mal die Hand, zum dritten Mal
aufs Herz,
landfahrendes Volk,
würden wir nicht auch sagen, die lebten doch viel
besser seßhaft,
angesiedelt,
wie unsereiner,
in fester Wohnung, gemeldet am Ort,
veranlagt, besteuert,
statt zügelnd,
lungernd,
wild?
Wir sind - wie heißt es? - angesiedelt.
Wir wohnen fest.
Aber nicht zu glauben, daß wir.
Wir „treten in Horden auf",
schon eine Familie mit vielen Kindern,
wie sie sich Deutsche für ihre „Rasse" wünschen
oder wünschen sollten,
rassige Rasse,
bei uns

ist es eine „Horde“,
die man auseinander
treiben muß,
auflösen,
zerschlagen.
Horde, Horde, Horde.
Schon mal gehört: „eine Horde Zigeuner“?
Wer wär so gern in einer,
wenn's auch die eigene Familie?
Man schafft einen Paragraphen
über Melden auf Einwohnerbehörden,
der Zigeuner kann ihn nicht erfüllen,
er wohnt ja nicht,
schon ein Vergehen,
man schafft ein Paßgesetz,
das taugt ihm gleichfalls nicht,
noch ein Delikt.
Also ein Gewohnheitsverbrecher,
führt ihn dem KZ zu,
damit
er nicht noch mehr Straftaten begeht.
Man führt zu:
Bettler, Landstreicher, Zigeuner, Landfahrer, Arbeitsscheue, Müßiggänger, Prostituierte, Querulanten, Gewohnheitstrinker, Raufbolde, Homosexuelle, Sittlichkeitsverbrecher, Verkehrssünder, Psychopathen, Geisteskranke, arbeitsvertragsbrüchige Landarbeiter.
Oh, sind die deutschen Dorfstraßen
jetzt rein und sauber!
Keinen Willen zur geregelten Arbeit gezeigt,
genug für: Rein!
Da arbeitet man jetzt noch lieber.
Will sich nicht in die Ordnung einfügen,

genug für: Rein!
Da fügen sich noch einige mehr.
So viele haben sich gefügt.

Doch das reicht für Lorenz Demmler nicht. Nicht für uns. Als man Krieg machte, eingezogen zum Heer, an die Ostfront geschickt. Das ging? Das ging. Ostfront ging, wo es hart herging. Da durfte er wieder kämpfen. Kämpfen mit der Waffe. Das ging. Kämpfen für Deutschland. Das ging, eine Weile. Etwas später ist auch das noch zu gut für einen so einen. Aus der Wehrmacht ausgeschlossen, weg, heim! Heim? Besucht seines älteren Bruders Familie, jeder einer so einer da, wo sie alle zusammen zu Hause waren, gut überwacht war er, gut bespitzelt sie, die Gestapo stürmt die Wohnung, mißhandelt sie alle. Sie stürmen nachts rein, schlagen zusammen, mißhandeln alle.

Wurd einer gezogen in gefährlichen Krieg,
weil er nicht deutsch genug,
wurd er gezogen aus dem Krieg,
weil er nicht deutsch genug,
wurd er verprügelt mit seinen Leuten,
weil er noch immer zu deutsch,
zusammengeschlagen,
ein so einer,
ab-
transportiert,
weil nicht deutsch genug und immer noch zu sehr,
wurd er geschickt ins Lager,
Konzentrationslager,
zu allen denen,
die nicht genug waren und immer noch zu sehr.
Ein Zigeuner,

so sehr ein Mensch wie du und ich,
zu sehr einer wie du und ich.

Plötzlich,
Plötzlich wird einer böse und schlägt mich,
    ich falle und schlage mir den Kopf auf.
Plötzlich vertauscht einer meinen Paß,
    ich bin ohne im fremden Land.
Plötzlich nimmt jemand mein Geld,
    leert das Konto, stiehlt, was ich besitze.
Plötzlich verbrennt mein Haus, mein Liebstes,
    Bücher, Kleidung, Erinnerungen, alles.
Plötzlich bin ich allein, weiß nicht wohin,
    nicht mit wem, ein nicht noch aus,
Meine Liebe verläßt mich urplötzlich
    und wird nicht mehr gesehen.
An der Biegung einer Straße
    ist sie einfach abgeblieben.
Plötzlich ist nichts mehr. Gar nichts mehr.
Am Ende einer Eisenbahnfahrt
    werden wir plötzlich aufs Gleis geworfen
    und eingeliefert.

Trom trom tarä, trom, trom tara, ein Tarum tara, Larum tara. Hussa, deutsches Hurra, Heissa. Nein, nein. Wegwischen, auswischen. Tief hinunter, daß es nicht mehr war. Was hier geschieht? Gezählt wird, abgezählt, herangetreten, aufgestellt, in Reihen, abgezählt, getrennt Mann von Frau, Mutter von Kind, sortiert und ausgewählt, se-lektiert für Arbeit, für Brot und Verderben, für Gas und für Totenbegraben, alle Hände und Münder voll zu tun haben die Zähler und Peitscher, die Henkerzulieferer, die Sklavenausleser, die Ärzte, die das Grauen bereiten, die Händler in Haaren, Schuhen und Zahngold, die Reißer und Raufer, die Krankenschwestern des Bösen, die Furien, die jagen uns, Zigeuner, Schwule, Juden, den Pastor, der Frieden wollte, und Frieden wollten sie, die Kommunisten, die Polen, die Russen - die Menschen!

Alles Gesindel, das nicht reinrassig deutsch ist, und nicht reinköpfig, reinherzig denkt und fühlt, wie der deutsche Mensch denkt und fühlt.

In den Schmutz gejagt, in den Schlamm, in den Hunger, in die Kälte, in die massenhafte Verlassenheit, in die Qual der ins Gasbadehaus Gedrängten, in die Leichenvorhalle, in die Stätten der Zubereitung für die Öfen und die Massengräber, in die Laufgräben des Todes, in die Ställe der Gewalt und der Vergewaltigung, in die Höhlen letzten Elends. Seid ihr mit mir da gewesen, wolltet ihr mit mir dort sein? Mit uns, mit uns allen, den Verworfenen, Mißhandelten, unter Stiefeln Zertretenen und Verquetschten, Verstümmelten und Verhöhnten, Verlachten, Verachteten, in den Grund Getrampelten. Wollt ihr mit uns sein, wie die Henker es nicht waren, wollt ihr unter uns sein, wie die, die uns auswählten und uns zuteilten, unter uns nicht waren, wollt ihr bei uns sein, wie die mit den Gewehrkolben und Säbeln, die uns stießen, stachen, nicht bei uns waren? Wollt Ihr Zigeuner und Jude werden in Birkenau oder Buchenwald? Wollt Ihr Schwuler und Krimineller werden, Kommunist und Pazifist in den Schweinekoben um die Gasöfen, in den Brandstätten der Verdammenden, wollt ihr Mensch werden, wie wir Mensch waren, wollt ihr ihr selbst sein, wo ihr es nicht sein könnt? Wollt ihr mit uns sterben und verfaulen? Wollt ihr? So kommt, kommt gelaufen, gerannt, geschwommen und geflogen, getaumelt und getanzt, kommt, kommt, kommt nur, kommt, vielleicht gebt ihr euch selbst noch Platz hier, vielleicht noch einen Güterzug mit euch an die Rampen. Zieht euch vor euch selbst nackt aus, daß ihr ganz bloß, arm, nichtig seid vor euch selbst mit uns, mit uns, mit uns allen. Kommt. Seid willkommen in Barmherzigkeit!

Legt euch mit uns ins Massengrab, sterbt mit uns im Gasofen, windet euch mit uns unter der Peitsche, heult mit uns um unsere Kinder, die man uns weggenommen, hungert mit uns, jammert mit uns um ein Endchen Brot, seid mit uns bei uns, nicht wie die, die da waren und nicht mit uns waren, seid bei uns in Barmherzigkeit!

Im Konzentrationslager Neuengamme wird Lorenz Demmler 1943 eines Tages morgens um 6 Uhr ermordet. Fast die gesamte Familie Demmler ist umgebracht worden.

„Einer Schätzung zufolge wurden in ganz Europa rund 220 000 bis 500 000 Zigeuner ermordet."

Enzyklopädie des Holocaust

Ich hab's nicht gemacht
und bin schuldig.
Ich war nicht dabei,
und bin doch,
weil ich einer von denen bin,
die dabei waren,
es nicht gemacht haben.
Ich weiß nichts davon,

ich habe nichts gesehen.
Und ich bin schuldig.
Endlos schuldig.
Das ganze Leben lang schuldig.
Ich war nicht einer von denen,
ich bin nur Kind von einer von denen,
die dabei waren,
als sie es nicht gemacht haben,
die anderen haben es gemacht,
die waren wirklich dabei,
die nicht dabei waren,
die es nicht gemacht haben,
von denen ich ein Kind bin,
ich fühle mich schuldig.
Ich weiß nicht was.
Ich habe nichts gesehen.
ich habe nur gehört.
Seit ich Kind bin,
bin ich für etwas schuldig,
bei dem ich dabei war,
das ich gemacht habe,
ich weiß aber lange nicht, was;
wenn ich einige Jahre älter bin,
lese ich im Buch,
was ich nicht gemacht habe,
wobei ich nicht war,
und bin schuldig dafür,
weil ich längst vergessen habe,
wofür ich schuldig bin,
was ich gemacht habe,
als Kind, als ich dabei war,
ganz dabei, und es gemacht habe,
oder man es gemacht hat,
mir gemacht hat.

Ich habe es gelesen,
ich habe im Buch Bilder gesehen,
Fotografien,
der gelbe Stern,
der rosa Winkel, der lila Winkel, der rote Winkel,
der schwarze Winkel,
der braune Winkel,
der weiße und der schwarze Tod.
Ich bin es schuld.
Ich bin einer von denen,
die getan haben,
ich bin einer von denen,
denen man getan hat.
Ich habe sie ins Wasser gestoßen,
sie hat mich gebissen,
der Vater hat mich geschlagen,
weil sie gesagt hat,
was ich gemacht habe,
wo sie gar nicht dabei war,
da hat er mich geschlagen,
ich habe sie ins Wasser gestoßen,
ich habe sie umgebracht,
wen? die Sinti und Roma, die Juden, alle.
Was habe ich gemacht?
Was alle machen,
wenn sie Kinder sind,
wenn sie dabei sind,
was sie machen.
Ich bin nicht schuldig.
Aber ich weiß es nicht,
weil ich dabei war,
was sie gemacht haben.
Ich war als Kind da.
Ich war bei mir dabei.

Ich habe die Juden umgebracht,
ich habe die Sinti und Roma umgebracht,
ich habe die Sinti und Roma nicht umgebracht,
ich habe die Juden nicht umgebracht.
Keinen einzigen habe ich je umgebracht.
Ich weiß es.
Ich war nicht in Auschwitz,
nicht in Maidanek, nicht in Treblinka, nicht in Neuengamme, nicht in Buchenwald.
Nicht als Tuer, nicht als Getaner.
Ich war nicht dabei, als sie sie verladen haben,
hineingestoßen,
nicht als sie sie zusammengetrieben haben,
verhaftet haben,
belagert haben,
bekriegt haben,
ihnen Zeichen angeheftet haben
und Schilder um den Hals.
Ich bin auch keiner.
Ich habe nicht am Schreibtisch gesessen,
ich bin nicht am Schreibtisch aufgeschrieben worden.
Ich habe nicht am Gleis gestanden und eingeteilt zu Arbeit oder Tod,
ich habe nicht am Gleis gestanden, bin nicht eingeteilt worden
zu Arbeit oder Tod.
Ich bin ein Kind von jenen,
die nicht dabei waren,
die es nicht gemacht haben,
als sie dabei waren,
als sie es gemacht haben.
Ich habe es nur auf Fotos gesehen.
So dicht war ich dabei beim Tun,

zehn Jahre weg,
keinen Zentimeter weg
für meine Schuld.
Ich bin nicht daran schuld.
Ich bin mein ganzes Leben lang schuldig.
Nie.
Endlos.
Dafür haben sie mich gekriegt.

Niemand wird da sein zu sagen:
du hast Schuld,
kein Gott,
kein Engel:
du hast Schuld,
keine klagende Seele:
du hast Schuld,
du wirst es selbst sagen müssen:
ich habe Schuld,
du mußt es jetzt sagen:
ich habe Schuld,
wir müssen es jetzt sagen,
wir wollen es jetzt sagen:
wir haben Schuld,
wir Unschuldigen,
wir haben keine Schuld,
wir haben Schuld,
wir haben keine Schuld.

Ich, ihr, wir, Sie, sie, euch, uns. Gewinnen können wir nicht. Punkten ist schon schwer genug. Jedenfalls nicht zu viele Punkte punkten. Aushalten, ohne mehr zu erwarten. Wir atmen, wir boxen. Einer nimmt es wieder auf mit Maisbirne, Sandsack, Sparring. Ich, ein Rom, lebe mich durch, durchs

Boxen. Zehn Jahre weg, zwanzig, noch mehr Jahre gegangen. Der echte männliche Zweikampf, ne Phantasie, Ihnen vorgezeigt, für mich erst recht – Phantasie! Auf den Sandsack. Immer mal wieder drauf. Außen Leder, innen Gummi. Heißt es vom Doppelendball, der beim Training einem vor die Augen federt, weg, her, weg, her, und drauf drauf drauf drauf. Weg, her, weg, her, und drauf drauf drauf drauf. Drauf! Probieren wir's noch mal? Möchten Sie mich sponsern? Wenn Sie noch mehr wissen wollen, kommen Sie doch mal vorbei! Wann der nächste Kampf ist? Unbestimmt, ganz unbestimmt. Ich hab ja noch keine. Noch keine wirklichen Kämpfe.

Notiz

Das Schicksal Lorenz Demmlers - Name und Einzelheiten geändert - nach einem Bericht in:
Romani ROSE (Hg.), *Der nationalsozialistische Völkermord an den Sinti und Roma,* Dokumentationszentrum Deutscher Sinti und Roma Heidelberg, 1995, 22, die Kinder von Mulfingen, ebenda 171ff.
Weiter:
Joachim S. HOHMANN, *Geschichte der Zigeunerverfolgung in Deutschland,* Frankfurt und New York 1981
Luise RINSER, *Wer wirft den Stein? Zigeuner sein in Deutschland? Eine Anfrage,* Stuttgart 1985
Bogdan SUCHOWIAK, *Mai 1945: Die Tragödie der Häftlinge von Neuengamme,* Reinbek bei Hamburg 1985
David A. HACKETT (Hg.), *Der Buchenwald-Report: Bericht über das Konzentrationslager Buchenwald bei Weimar,* München 1996
Eberhard JÄCKEL, Peter LONGERICH und Julius H. SCHOEPS (Hg.), *Enzyklopädie des Holocaust: Die Verfolgung und Ermordung der europäischen Juden,* 3 Bände, Berlin 1993

Die Kinder wurde 2000/2001, *Boxer und Rom* wurde 1998/1999 geschrieben.

Passagen Literatur

Götz Wienold

Planet Grynszpan

Mit einem Essay Herschel Grynszpan – eine andere Sicht

Herschel Grynszpan, Attentäter von Paris, den Nazis willkommener Vorwand für die Pogrome an deutschen Juden im November 1938 als zentrale Figur eines zeitgeschichtlichen Stücks. Statt einer geschlossenen Sicht von Ereignissen bietet es drei unterschiedliche Versionen: Tötete Grynszpan, um die Welt aufzurütteln? Stand das Opfer, ein deutscher Diplomat, in homosexuellen Beziehungen zu ihm und zahlte nicht? Oder – eine wenig verfolgte, doch nicht unwahrscheinliche Hypothese – wurde Grynszpan von Heydrich und dem SD angestiftet, damit der lange vorausgedachte Terror gegen die Juden in Gang gesetzt werden konnte? Die dramatische Figur Grynszpan erscheint weder als „Guter“, noch als „Böser“, noch in tragischem Zwiespalt. Unbestimmt und unbestimmbar steht er zwischen den drei Blicken auf Attentat und Folgen. Herschel Grynszpan, ein anstößiger Planet mit historischer Wirkung – eine große Rolle.